KB063150

고마우니까,

고마워.

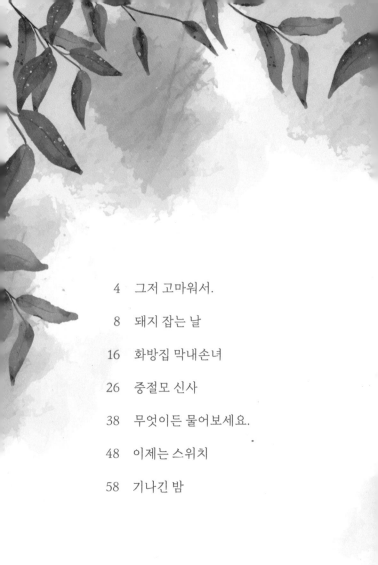

그저 고마워서.

　글을 써야겠다. 라고 생각하면 가장 먼저 떠오르는 글감은 대부분 가족에 대한 이야기입니다. 어느새 제 인생의 절반쯤이 혼자의 시간으로 채워졌는데, 혼자 지내는 시간이 길어지면 길어질수록 더더욱 가족과 함께 보냈던 그 시절이 그립고, 애틋합니다.

　여름에도 중절모에 꼭 카라가 있는 셔츠를 챙겨입으시던 멋쟁이 할아버지, 아직도 잊을 수 없는 맛깔난 손맛의 우리 할머니, 무뚝뚝하시다가도 환하게 웃는 모습이 귀여운 아빠, 조그만 체구에 뭐든 척척 해내는 똑순이 엄마, 야무져 보여도 은근히 허당끼 있는 인간미 있는 큰언니, 나에겐 누구보다 자상하고 다정한 오빠, 그리고 뒤늦게 가족에 합류해 사랑을 담뿍 받았던 막내딸인 저까지. 어린 시절 복작복작 지내던 일곱 식구는 이제 그 시절의 이야기가 되었지만, 더 희미해지기 전에 그 시절의 이야기를 남겨두고 싶었습니다. 어쩌면 어린 시절의 기억 속에서 사실보다 미화된 추억일 수도 있고, 어른이 되어 고단한 시간을 보내는 지금의 제가 기억하고 싶은 만큼만 기억하는 이야기일지도 모르지만 말이죠.

가끔 글을 쓰다가 언니와 오빠에게 보낼 때가 있습니다. 글을 읽은 언니는 눈물이 난다고 했고, 오빠는..별말이 없었어요. 눈물이 난다고 얘기한 언니의 마음도, 글에 대해 어떤 감상도 전하지 않은 오빠의 마음도 모두 이해가 됩니다. 제가 서투른 손끝으로 적어 보낸 글 속엔 저 혼자가 아닌 가족 모두가 함께 보내온 시절이 있었으니까요.

얼마전 꿈에 돌아가신 할머니가 오랜만에 오셨어
요. 반가운 얼굴을 보여주시지는 않았지만, 어지럽게
흩어져있던 방을 정리해 주시고, 문 너머에서

"남은아, 이런 건 할머니가 다 정리해 줄게.
너는 재밌는 일만 해."

라고 하셨어요. 꿈에서 그 이야기를 듣고 침대에
서 일어나 열린 방문 밖을 멍하니 바라봤어요. 왠지
진짜 할머니가 저를 다독여주러 오신 것 같았거든요.
이런저런 물건들이 정돈되지 않은 집안을 마주할 때
면 마음도 어수선했었는데 꿈에서 할머니가 해주신
말씀 때문이었을까요. 집안처럼 어수선했던 마음이
할머니가 정리해 주신 꿈속의 공간처럼 말끔해진 기
분이 들었어요. 그리고 이제야 그동안 어수선한 마음
으로 준비하던 이 책도 마무리할 때가 되었구나라고
느껴졌고요. 어쩌면 할머니는 꿈속에서 어수선한 집
안을 정리해 주신 게 아니라 제 마음을 정리해 주신
게 아닐까요.

글을 쓰며 많이 고민했어요. 우리 가족 이야기가 이 글을 읽는 누군가에게 어떤 감상을 남길 수 있을까 하고요. 누구에게는 본인 가족과의 추억을 떠올리는 글이 될 테고, 누군가에게는 그저 세상을 살아가는 사람들 이야기 중의 하나로 남을지도 모르겠지만, 부디 저의 글들이 많은 분들께 읽히고, 읽어주신 분들만큼의 고마움이 남길 바랍니다.

마지막으로 책을 엮으며 저에게 남아있는 고맙고, 또 고마웠던 지나간 시절을 생각했습니다. 그때는 왜 고맙다는 말이 그렇게 어려웠을까요. 어리석게도 이렇게 한참이 지나고 나서야 단단해진 진심을 담아 그 시절 나의 모든 사람들에게 고맙다고 전합니다.

그리고 이 책을 읽어주는 당신에게도
고맙습니다.

돼지 잡는 날

오늘은 돼지 잡는 날,
단단히 준비하세요.

언제였을까, 내가 아직 작은 인간이었던 시절 우리 집 장롱 안에는 엄마가 키우는 빨간 돼지가 살고 있었다. 제법 크기가 커서 다섯 살이었던 어린 나는 제대로 들지도 못하는 살이 포동포동 오른 돼지였다. 어렸던 나에게 그 돼지는 엄마 몰래 장롱 속에 숨어 함께 놀고 싶은 비밀 친구였지만, 나와는 나이 터울이 꽤 나는 언니와 오빠에게는 호시탐탐 배 속을 노리게 하는 사냥감이었다. 그들은 빨간 돼지의 배를 하늘로 향하게 하고 작은 등 구멍으로 젓가락을 넣어보기도 하고, 할아버지가 코털을 뽑던 핀셋을 넣어보기도 하며 빨간 돼지를 괴롭혔다. 그럴 때면 빨간 돼지는 두 사냥꾼의 손에 뒤집힌 채로 달그락달그락 서러운 소리를 내며 울었다.

그 소리가 어찌나 구슬프던지 어린 사냥꾼들의 눈을 피해 엄마에게 쪼르르 달려가 빨간 돼지의 괴롭힘을 고하던 날 밤이면, 엄마의 날 선 손바닥이 사냥꾼들의 등짝에 매섭게 꽂히곤 했고, 난 그게 참 통쾌했다. 감히 내 친구를 괴롭히다니!

하지만 엄마도 애지중지하게 키우던 빨간 돼지를

1년에 한 번, 살이 꽉 차오르면 배를 갈랐는데, 그날은 언니와 오빠, 그리고 숫자를 10까지밖에 못 세던 어린 나도 빨간 돼지의 속을 정리하는 잔인한 백정이 되어야 했다.

우리 집에서 가장 힘이 센 아빠도 "영차"하는 추임새와 함께 들어 올릴 수 있던 빨간 돼지가 장롱에서 방바닥으로 내려와 엄마 앞에 놓였다. 살이 꽉 찬 빨간 돼지는 그녀의 단호한 칼날 끝에서 도망치지도 못하고 결국 배를 열어 속을 내어주어야 했다.

"챠르르르르"

크게 벌어진 빨간 돼지의 뱃구멍에서 반짝반짝하고 크기가 다양한 속이 쏟아져 내려왔다. 귀엽고 동글동글한 몸뚱이에서 나는 소리라고 하기엔 차갑고 날카로운 소리를 내며 저세상으로 떠난 빨간 돼지는 돈 심 좋게도 속을 전부 내어주었다.

빨간 돼지의 배 속에서는 동그랗고 납작한 금색, 은색 쇠붙이들이 우르르 쏟아져 내리고, 가끔은 빨갛고 파란 종이 속이 섞여 나오기도 하는 게 어린 눈에도 그저 신기해서 깔깔거리며 손뼉을 쳤다. 속이 쏟아져 나오는 소리가 길어질수록 엄마는 표정이 밝아지고, 1일 백정 역할의 삼 남매는 일이 끝나고 손에 쥐어질 일당에 기대해 얼굴이 밝아졌다.

온 가족의 기대를 받으며 한참을 쏟아져 내린 돼지 배 속을 엄마의 일사불란한 지시에 따라 이리저리 나눠본다. 제일 큰 은색 쇠붙이는 손이 빠른 언니가, 수가 제일 많은 중간 쇠붙이는 계산이 빠른 오빠가, 얇고 넓은 종이는 아빠와 엄마가 착착 정리해 나가고 작고 어린 나는 언니와 오빠가 골라내고 남은 금빛의 가벼운 쇠붙이를 골라내어 가장 많이 헤아릴 수 있는 숫자인 10에 맞춰 한 줄씩 방바닥에 기둥을 세워갔다.

백정이 된 다섯 식구가 돼지 배속에 집중한 시간이 얼마나 지났을까. 바닥에 은색 기둥들이 차곡차곡 늘어가고, 손끝이 시커멓게 변하고, 방안에 비릿한 쇳내가 채워져 갔다. 숫자 10까지 세는 놀이가 싫증이 난 나는 금빛 덩어리를 가지고 짤랑거리며 손장난을 치다가 결국엔 엄마의 손에 빼앗기고 말았다.

할 일을 빼앗긴 작은 나는 입을 삐죽거리며 슬쩍

엄마의 얼굴을 보는데, 열과 행을 맞춰 늘어선 기둥들을 세어가는 엄마의 얼굴이 그 어느 때보다도 밝아 보여 조금 심통이 났다. 옆으로 눈을 돌리니 은빛 쇠붙이에 반사된 형광등 불빛 때문인지 숫자세기에 집중한 아빠의 얼굴도, 구경하는 언니와 오빠의 얼굴도 반짝반짝하는 것 같다. 그 재미난 얼굴들을 한참을 보다가, 방구석에 배가 갈린 채 속이 텅 비어 힘없이 뒹굴거리는 빨간 돼지에게 다가가 본다. 지난 1년 동안 장롱 속에서 엄마의 지극정성 보살핌을 받았고, 가끔은 언니, 오빠의 짓궂은 장난질을 당하기도 했지만, 때론 듬직하게 나와 놀아주기도 했던 빨간 돼지.

내 친구였던 빨간 돼지가 무참히 배가 갈린 채 바닥에 뒹구는 모습을 보고 있자니 어린고 여린 마음이 아려왔다.

"미안해…."

혹시나 누가 들을세라 작은 목소리로 속삭이고는 나도 이내 돌아앉는다. 내일 새로운 빨간 돼지가 엄마 장롱에 들어오면 나는 그 돼지와 또 친구가 되면 되니까. 그 마음을 알아챘는지 등 뒤에서 나를 애처롭게 바라보는 빨간 돼지의 눈을 애써 외면하며 나는 기분이 좋아진 엄마의 팔에 대롱대롱 매달린다. 그렇게 모든 속을 다 내어준 빨간 돼지는 우리 집에서 떠나갔다.

그 시절 나보다 어렸던 엄마는 어떤 마음으로 빨간 돼지의 배를 갈랐을까. 돼지의 배를 가르던 날 언니와 오빠, 그리고 돈의 쓰임도 모르던 어린 나에게까지 용돈을 쥐여주시던 엄마, 그리고 손에 쥐여지는 게 무엇인지는 몰라도 엄마의 웃는 모습이 좋았던 어린 나는 그날만큼은 할머니 품이 아닌 엄마와 늦은 밤까지 함께 있을 수 있어 좋았다. 엄마에게도 빨간 돼지의 배를 가르던 그날이 그녀의 세 아이와 함께하는 행복한 밤이었을 테다. 맞벌이 젊은 부부에게 그날만큼은 늦은 밤까지 아이들과 함께할 수 있어 그들 앞에 쌓여있던 동전보다 더 반짝인 밤이었길.

이제는 그날의 엄마만큼의 나이가 되었지만, 아직도 나는 그 빨간 돼지의 눈이 자꾸 생각나서 집에 돼지저금통을 두지 않는다. 애지중지 정성스레 살을 채

운 돼지의 배를 가르는 백정이 되고 싶지 않아서일지
도 모르겠다.

　그나저나 까맣게 잊고 있었던 빨간 돼지의 눈이
아른거리는 걸 보니 오늘 밤 꿈에서는 살이 오른 빨
간 돼지의 배를 가르는 백정은 내가 될 것 같다.
　어디 한번 신명 나게 칼질 좀 해볼까?

화방집 막내손녀

재벌집 막내아들 부럽지않은,
화방집 막내손녀 이야기.

기억도 안 나는 어린 시절 무렵, 동네 어른들은 할아버지가 작은 나를 안고 길을 걸어가면

"아유, 화방집 막내손녀 어디 가니?"

하며 한 번씩은 볼을 쓰다듬어주셨다고 했다. 할아버지는 세상 가장 귀한 보물을 보여주듯이 작은 나를 품에 꼭 안고서 빼꼼히 사람들에게 자랑하시며 '우리 남은이는 나한테 온 마지막 보물이야.'라고 말씀하셨다고 들었다.

우리 집은 광주에서 꽤 오랫동안 화방을 했었는데, (현재도 동명의 화방이 운영 중이라 상호명은 쓰지 않겠다.) 지역 사립대 미술교수시자, 현대미술 화가셨던 작은할아버지를 위해 형인 할아버지가 서울에서 광주까지 내려와 시작하신 사업이었다. 화방을 개업하실 때는 엄마와 아빠가 만나기도 전이었고, 아빠가 서울에서 고등학교를 졸업하고 광주로 온 가족

이 내려와 대학교 진학을 하면서부터였다고 들었다. 사립대 미대 교수셨던 작은할아버지 덕분에 광주에서 꽤 유명한 화방이 되었고, 화방은 늘 미대 교수님들과 미대학생들, 미술학도들로 북적거렸었다고 했다. 우리화방은 아빠가 대학에서 엄마를 만나 결혼하신 후 국어 선생님이셨던 엄마가 학교를 그만두시고 할아버지를 도와 화방 운영을 맡게 되면서 최전성기를 누렸는데, 그때는 화방에 일하는 삼촌들만 3~4명, 집안일을 봐주는 이모가 1명이나 있을 정도로 유복했다고 나는 듣기만 했다. (너무 어린 시절이라 기억이 없다. 나이 차이가 많이 나는 언니와 오빠도 그저 어렴풋이 기억난다고 할 정도니까.)

신학기 시즌이 시작되고 한참 바쁠 때면 집에서 나를 봐주시던 할머니도 화방에 나가서 손을 보태야 하셔서 나는 가게 한 쪽에 할아버지가 앉아계시던 일명 사장님 의자에 보관되곤 했는데, 6~7살 무렵에 캔버스를 짜는 엄마와 야간수업을 마치고 퇴근하신 아빠가 미술용품을 챙겨 납품하러 다니시던 모습들이 꿈처럼 어렴풋이 생각나기도 한다.

초등학교 저학년 무렵에는 캔버스를 짜는 엄마를 도와 못질을 할 때도 있었고(늘 삐뚤게 박아서 결국 엄마가 다시 해야 했지만), 액자 표구를 준비하시는 엄마를 도와 물 붓질도 열심히 했었더랬다. 중학교 때는 학교를 마치면 곧장 화방으로 가서 할아버지 의자에 앉아 숙제하다가 저녁시간이 되면 할아버지와 함께 집으로 퇴근하곤 했었다. 고등학생이 되어서는 야자가 생겨서 화방에 자주 가지는 못했지만, 만화부 전시회를 할 때는 우리화방에서 이젤도 단체구매하고, 부원들 작품을 엄마가 판넬로 만들어 주시기도 했었다.

그렇게 기억도 없는 어린 시절부터 고등학생이 될 때까지 나에게 우리화방이란 아주 당연한 공간이었는데, 고등학교 1학년에서 2학년을 넘어갈 무렵, 할아버지가 크게 보증사기를 당하시면서 우리 가족에게 특별한 공간이었던 화방은 우울하고, 한없이 침몰하는 공간이 되어버렸다.

그 일을 계기로 할아버지는 지병이 악화하셨고 한동안 자리에 누워계시다가 세상을 떠나셨다. 한 번 더 나를 동네 사람들에게 '내 인생 최고의 보물'이라고 자랑하시지도 못하고 말이다. 할아버지가 돌아가시고, 할아버지의 빚을 아빠와 엄마가 책임져야 하게 되자, 우리 집은 더 이상 슬픔이 버티고 있을 틈이 없을 정도로 정신없이 변하기 시작했다.

그 첫 번째 변화가 화방을 정리하는 것이었다. 내 유년 시절의 모든 기억과 우리 가족 대부분의 시간을 보냈던, 광주 시내 한가운데, 미술 하는 사람들은 이름만 대면 알던 우리 화방은 아쉽지만 어쩔 수 없이 폐업의 수순을 밟았다. 온 가족이 정성 들여 이십여 년을 넘게 운영했던 화방을 정리하는 일은 쉽지 않았다. 위탁판매 하던 물건들을 돌려보내야 했고, 외상으로 구매하던 단골들에게 일일이 전화해 사정 설명을 하고 금액 정리를 부탁해야 했고, 언제 누가 맡겼는지도 모르는 그림들을 버려야 할지 인근 다른 화방에 맡겨야 할지를 엄마는 매일매일 고민하고, 처리해 나가야 했으니까.

엄마는 꿈이었던 국어 선생님을 그만두고 화방에

서 작은 사장님으로 이십여 년 동안 매일을 빼곡히 채우던 그 공간을 정리하면서 몸에 병이 나셨고, 몸에 병이 나니 마음의 병까지 나고야 말았다. 그 무렵 엄마는 매일 눈물을 흘리셨다. 이곳에서 보낸 이십여 년이 허망하다고 하셨다가, 힘없이 떠나신 할아버지가 너무 원망스럽다고 하셨다가, 그래도 화방에서 즐거웠던 일이 많았다며 눈물 같은 웃음을 짓기도 하셨다.

어렸던 우리 삼남매는 그런 엄마의 시간을 그저 지켜볼 수밖에 없었다. 오랜 단골들은 우리의 사정을 안타까워했지만, 해결해 줄 수는 없었다. 그렇게 광주에서 가장 오래되고, 유명했던 우리 화방은 문을 닫았다.

폐업을 한다고 하루아침에 그 모든 게 끝나는 것은 아니었다. 그 후로 엄마는 외상값을 갚지 않는 단골들에게 몇 년 동안 독촉 전화를 해야 했고(아직도 해결되지 않은 외상값이 있다면 믿어지는가?), 아빠는 가게를 정리하면서도 부족했던 할아버지의 보증 사기 빚을 갚기 위해 오랜 기간 동안 밤중에 귀가하

셔야 했다. 그렇게 우리 화방은 우리 가족에게서 천천히 떠나갔다. 슬프고 아픈 상처만을 남기고.

화방을 정리한 후에 우리 가족은 일부러 그 동네로는 다니지 않았다. 서로 말은 안 했지만, 화방을 그만두시고 늘 쾌활하던 엄마가 우울해하는 시간이 길어지고, 아빠의 얼굴이 피곤으로 그늘지는 모습을 집에서 계속 마주쳐야 했으니까 말이다.

꽤 시간이 지난 후 친구들과 만나고 집으로 돌아오는 길에 우리 화방이었던 그 상호를 다른 사람의 영업장 상호로 길거리에서 우연히 마주쳤던 그날, 못 본 척 지나쳤다가 친구들과 헤어지고 그 길을 다시 돌아가 우리 화방 이름이었던 그 간판을 우두커니 서서 쳐다보다가 눈물이 왈칵 쏟아졌던 날이 있었다. 그 화방은 원래 우리 집이었다. 우리 집에 마치 다른 사람이 앉아 있는 것 같아서 그게 너무 낯설고 무서워 버스 안에서 참 많이도 울었다. 이제 돌아갈 수 없는 그 시절이 참 그리워서.

한참을 울다가 가까스로 추스르고 집으로 돌아가

엄마에게 아무렇지 않은 듯 물었다.

"엄마, 우리 화방 아직 예술의 거리에 있던데?"
"어.. 그거 OO삼촌이 하는 거야"

우리 화방 이름이 사라지는 게 아쉬워서 친분이 있던 분이 엄마, 아빠에게 말씀하시고 상호를 이어가시고 있다며, 그러나 엄마는 아직 '그' 화방엔 안 가봤다며 서둘러 말씀을 정리하시고 부엌으로 들어가시는 엄마의 뒷모습이 어딘지 모르게 쓸쓸해 보여 또 눈물이 날 것 같았지만, 꿀꺽 삼켰다.

우리 화방이 우리 가족의 공간으로 남았더라면 좋았을까? 아니면 다른이의 공간이 된 모습을 모르고 살았으면 더 좋았을까?

아직 철부지인 나는 여전히 우리 화방을 생각하면 눈물부터 고인다. 다정하고 따스한 그 시절 우리 화방엔 할아버지도 계셨고, 할머니도 계셨고, 지금의 나보다 젊고 빛나던 엄마와 아빠가 계셨다. 작은 나를 귀여워해 주던 직원 언니들과 삼촌들은 이제 어디선가 엄마아빠가 되어 잘살고 있겠지.

　여전히 영업 중인 '그' 화방과는 다른, 우리 가족의 모든 순간에 함께했던 '우리' 화방은 그 시절 폐업을 했을지 몰라도 아직 내 마음속에선 영업 중이다.

　그리고 난 여전히 화방집 막내손녀로 살아가고 있다. 재벌집 막내아들 부럽지 않게.

중절모 신사

멋쟁이 할아버지와 손을 잡고 함께 걷던 그 거리를
다시 한번 걸을 수 있다면.

하얀 도화지에 할아버지를 그린다면, 가장 먼저 그려야 하는 몇 가지가 떠오른다. 각이 부드럽게 잡힌 중절모, 무더운 여름에도 외출하실 땐 꼭 챙겨 입으셨던 풀 먹여 잘 다린 카라 있는 셔츠, 그리고 눈썹 쪽 테가 유난히 두꺼웠던 돋보기안경.

우리 화방이 있던 광주 예술의 거리에서 할아버지는 최고 멋쟁이로 통했다. 주름 하나 없이 풀 먹여 다린 셔츠와 앞 주름이 서늘하게 잡혀 있는 양복바지, 찬바람이 불면 트렌치코트를 챙겨 입으셨고, 더운 여름엔 챙이 넓은 중절모를 즐겨 쓰셨다. 반질반질 잘 닦인 구두코는 걸음걸이마다 햇살에 반짝거리고, 안주머니엔 반듯하게 접힌 손수건이 늘 있었다. 어린 손녀의 눈에도 할아버지는 이 동네 최고 멋쟁이임이 틀림없었다. 그 어린 손녀는 의자에 앉을 때 구김이 가지 않게 코트 뒷자락을 정리해야 하는 것도, 계절마다 어울리는 모자가 있다는 것도 할아버지를 보며 배웠다.

할아버지는 서울에서 사업을 하시다가 아들의 대학 진학과 그림을 그리던 작은 동생의 뒷바라지를 위해 광주로 내려왔다. 맨손으로 다시 시작해야 하는 광주에서 할아버지가 선택한 사업은 그림을 그리던 작은 동생을 뒷바라지하며 돈을 벌 수 있는 화방이었다. 미술대학으로는 그래도 꽤 이름있었던 사립대 교수였던 작은 동생 덕이었는지 화방 사업은 순조롭게 커졌다. 처음에는 할아버지와 할머니 두 분이 하시던 화방이 어느새 일하는 청년이 3명이나 되고, 집안일과 화방 허드렛일을 돕는 여직원 1명까지 대식구가 되었다. 일하는 사람들이 늘어나면서 여유가 생긴 할아버지는 가게 일도 함께 돕던 아내에게 집안 살림을 전적으로 맡겼고, 아들은 지역에서 가장 들어가기 어렵다던 국립대학에 입학시켰다. 할아버지는 그렇게 천천히 광주에 자리를 잡았고, 화방이 있던 예술의 거리의 멋쟁이 사장님으로 통하게 되었다.

할아버지는 늦둥이 막내 손녀인 나를 참 예뻐하셨는데, 내가 태어났을 때 입버릇처럼 '우리 남은이는 할아버지한테 온 마지막 보물이다.'라고 온 동네에 자랑하셨다고 했다. (엄마의 증언) 나 역시 할아버지 손을 잡고 걸을 때면 어깨가 으쓱했었다. 하교 시간 학교 앞에 아이들을 기다리는 어른 중에 멋진 중절모를 쓰고 꼿꼿하게 서 계시는 할아버지가 제일 멋졌으니까. 교문 앞에서 할아버지가

"남은아!"

라고 부르시면 한달음에 뛰어가서 안기곤 했었다.

할아버지의 화방이 작은 사장님이었던 엄마의 화방으로 자리를 잡아갈 때쯤부터 어린 손녀보다 빠르고 넓은 보폭으로 걷던 할아버지의 걸음이 손녀에게 조금씩 뒤처지기 시작하면서 어린 손녀가 걷다가 돌아보는 일이 점점 많아졌고, 손끝을 위로 한껏 올려도 닿지 않던 할아버지의 중절모의 매무새를 어느새 키가 자란 손녀가 고쳐드리기도 했다. 그럴 때마다 손녀는 생각했다.

'할아버지가 작아진 걸까? 아니면 내가 이만큼 커

버린 걸까?'

그렇게 손녀가 할아버지 어깨만큼 자랐을 어느 여름. 조용하던 집안에 날카로운 전화벨 소리가 울렸고, 아파트 단지 내에서 구급차 소리가 들려왔을 때 할머니는 전화를 받았고, 나는 거실 창을 열고 밖을 보고 있었다. 전화를 받던 할머니가 수화기를 던지듯 내려놓고 허겁지겁 집을 나서시는 걸 보면서 불현듯 저 구급차 소리가 우리 집 때문일 것이라는 예감이 들었고 할머니를 뒤쫓아 뛰어나갔다.

아파트단지 상가 지하층을 통으로 쓰던 슈퍼는 입구가 세 곳이었는데, 그중에 한 곳인 단지 내에서 바로 들어갈 수 있는 계단은 굉장히 가팔라서 평소에 엄마가 항상 조심하라고 했던 곳이 있었는데, 할머니를 따라 뛰어간 곳이 그 가파른 계단이 있는 방향이었고, 혹시나 했던 구급차도 슈퍼 계단 입구에서 문을 활짝 열고 정차해 있었다. 이미 아파트 사람들이 큰 구경이라도 난 듯 내려와 그 입구를 에워싸고 있었는데 내 얼굴을 아는 아주머니가 헐떡이며 도착한 나를 보고는

"아이고, 할아버지 어쩌시니."

라며 어깨를 다독이셨다. 나는 영문을 모르고 아주머니가 이끄는 방향으로 사람들을 헤치고 들어갔는데, 신발도 제대로 신지 못한 할머니께서 구급대 임시 침대를 잡고 계셨고, 그 침대 위에는 머리에 멋들어진 중절모 대신 하얀 붕대를 두른 할아버지가 누워계셨다. 놀란 내가 할아버지를 부를 새도 없이 할아버지께서 누워계신 침대는 구급차 안으로 옮겨졌고, 할머니도 함께 병원으로 떠났다.

구급차가 떠나자, 흥미를 잃은 사람들은 삼삼오오 흩어졌고, 그중에 몇몇은 덩그러니 혼자 남은 어린 내 어깨를 토닥이며 '괜찮으실 거야'라는 위로를 전했다. 도대체 어떤 영문인지도 모르고 받는 사람들의 위로는 위로가 아닌 공포일 뿐이었다. 아파트 사람들이 다 떠나고 혼자 남은 나에게 슈퍼 사장님이 다가와 계단에 떨어져 있던 할아버지의 모자를 건넸다.

"할아버지께서 손녀 아이스크림 사주신다고 내려

오시다가 계단에서 발을 헛딛으셨나 봐. 아이고 어쩌니, 많이 안 다치셨어야 하는데….”

사장님에게 자초지종을 듣자 무작정 받았던 위로로 느끼던 공포가 죄책감으로 바뀌기 시작했다. 결국 원인은 나였다.

그해 여름 ‘메로나’ 아이스크림의 인기는 대단했다. 초록색 메로나는 부드럽고 달콤해서 남녀노소 인기였고, 당연히 우리 가족들도 자주 사 먹는 아이스크림이었다. 특히 어린 내가 참 좋아했었다. 할아버지와 집으로 돌아오는 길에는 손녀의 말이면 뭐든 다 들어주는 할아버지 손을 끌고 상가 슈퍼에 들러 메로나를 사달라고 조르면 할아버지는 할아버지 팔목에 대롱대롱 매달려 ‘할아버지~ 메로나~ 사주세요~’라고 조르는 손녀가 귀여워서 며느리 몰래 손녀의 손에 메로나를 들려주곤 했었다. 그날도 할아버지께서는 그런 손녀를 위해 그 가파른 계단을 내려가셨다. 그깟 메로나가 뭐라고… 무거워진 마음으로 할아버지께서 넘어지셨다는 계단으로 걸음을 옮겼다. 사람들이 사용하지 못하게 테이프로 막힌 계단 위에 서서 흐릿하게 보이는 핏자국을 보자 겁이 났다. 다시는 할아버지 손을 잡고 걷지 못하고, 할아버지 품에 안기지 못할까 봐.

터덜터덜 걸어 텅 빈 집 안으로 들어오니 전화가 울리고 있었다. 신발을 벗는 둥 마는 둥 팽개치고 뛰어가 전화기를 들자, 엄마의 목소리가 들려왔다.

"할아버지 병원 가셨는데 괜찮으시데. 할머니는 병원에 계셔야 하니까 엄마 갈 때까지 혼자 있을 수 있지?"

울음을 참느라 대답도 못 하고 수화기를 귀에 대고서 고개만 주억거릴 뿐이었다.

"너무 걱정하지 말고 엄마가 또 전화할게."

엄마의 전화가 끊기고 울었었던가? 꽤 오래 지난 일이라 모든 일이 또렷이 기억은 나지 않지만 해가 어둑하게 지고 엄마가 집에 오기 전까지 꽤 많이 울다가 지쳐 잠이 들었던 기억만 난다.

집에 돌아온 엄마가 전해주시길, 할아버지는 넘어지시며 계단 모서리에 이마가 찢겨 5바늘 정도 꿰매셨지만, 그 외에는 크게 다치신 곳이 없어 병원에서 금방 퇴원하실 수 있다고 하셨다. 그리고 엄마의 말처럼 며칠 지나지 않아 지팡이를 짚고 흐트러진 옷매무새의 할아버지가 할머니의 부축을 받으며 집으로 들어오셨다. 오매불망 할아버지가 집에 오시기만을 기다리던 어린 손녀는 처음 보는 할아버지의 약하고 흐트러진 모습이 낯설어 뒷걸음질을 치고 말았고, 그런 손녀가 야속하셨는지 아니면 몸이 아파 피곤하셨는지 그렇게 예뻐하시던 손녀를 지나쳐 어두운 표정으로 방에 들어가시던 할아버지의 뒷모습이 아직도 잊히지 않는다.

할아버지는 그 사고를 기점으로 화방에 나가시는 횟수도 많이 줄었고, 식구들과의 대화도 거의 안 하시며 기력을 잃어가셨다. 그날 슈퍼 사장님한테 건네받은 할아버지의 중절모는 오래도록 손을 타지 않아 먼지가 뽀얗게 앉았고, 늘 반질반질하게 광이 나던 할아버지의 구두도 신발장 한편으로 들어갔다. 그날 이후 손녀는 더 이상 할아버지 손을 잡고 예술의 거리를 활보하지도, 하굣길 한달음에 뛰어 안기지도, 무릎에 올라앉아 티브이를 보지도 못했다. 그렇게 시간은 할아버지를 조금씩 손녀 곁에서 데려가고 있었다.

화방에 찾아오신 손님을 만나러 할아버지가 외출하시던 날, 할아버지는 뽀얗게 먼지가 내려앉았던 중절모를 깨끗이 털고, 신발장 한편에서 구두를 꺼내 반질반질하게 손질해 신으시고, 정강이까지 내려오는 멋들어진 트렌치코트까지 잘 차려입으시고 집을 나섰다. 그리고는 그야말로 오랜만에 화방 큰사장님 자리에 앉아 손님을 맞으셨고, 하교하는 손녀를 기다리셨다. 하교 후 화방에서 손녀가 마주한 할아버지가 어찌나 멋지시던지. 할아버지 손을 잡고 집으로 가는 길이 조금 더 길어지길 바랐다. 할아버지와 손을 잡고 집에 갈 수 있는 날이 조금 더 많아지길 바랐다. 함께 집으로 돌아오던 그날이 마지막인 줄 알았다면, 손을 더 꽉 잡아드릴걸. 조금 천천히 걸어올걸.

찬바람이 불기 시작하는 거리에서 트렌치코트를
입은 어르신들을 뵈면 할아버지가 생각난다. 벽에 가
지런히 걸려있던 잘 손질된 중절모가 그리워진다. 한
번쯤은 더 손녀가 모자 매무새를 고쳐드릴 수 있을
거라 믿었는데, 그때 미루지 말고 해드렸어야 했다.

할아버지 손을 잡고 집으로 돌아오던 하굣길에 전
하지 못한 사랑한다는 말을 이 못난 손녀는 언제쯤
전해드릴 수 있을까.

무엇이든 물어보세요.

언니는 나만의 척척박사.

윤상, 이덕진, 신성우, 이민우, 김광석…. 내가 이 분들의 노래를 흥얼거릴 때면 선배들은 농담 반 진담 반으로,

"아니, 넌 도대체 몇 살이니?
사실은 나보다 나이 많은 거 아니야?"

라고 물어온다. 그럴 때 나는 어깨를 으쓱하며

"어머, 이정도 음악적 소양은 기본 아닌가요?"

라며 그동안 낮은 포복으로 엎드려있던 콧대를 한껏 올려본다. 사실 내가 5-10년씩 터울이 나는 선배들 앞에서 그들 시대의 유행가를 술술 부를 수 있는 이유는 모두 언니 덕분이다.

우리 집 삼 남매의 첫째, 나와는 8살 차이가 나는 큰언니는 꼬꼬마였던 내가 이 나라 대중 문화의 르네

상스 시대 1990~2000년대를 내 또래 그 누구보다 빠르게 흡수할 수 있도록 물심양면으로(본인은 몰랐겠지만) 도와준 나의 (조금 과장해서) 은인이다.

어렴풋한 기억으로 나는 국민학교 2학년 때까지 할머니 품에서 잤고, 나이가 두 자릿수, 10살이 되면서부터 할머니의 품이 아닌 큰언니와 룸메이트가 되어야 했다. 내가 원했던 것인지, 할머니가 원했던 것인지는 모르겠지만, 분명한 건 언니가 원했던 것은 아니라는 것.

사리 분별 못하는 국딩(내가 다닐 땐 국민학교였다) 막내에게 고등학생 큰언니는 너무나도 어른이었다. 교복 자율화 시대에 고등학교를 다닌 언니는 꼬꼬마 남은이에게는 최고의 패셔니스타였고, 세상만사 모르는 것이 없는 척척박사였다. 아무리 유치하고 바보 같은 질문을 해도 똑순이 언니는 멋지게 대답을 해주었으니까. 그런 언니와 (자의 반 타의 반으로) 룸메이트가 되면서 나는 언니가 보고, 듣고, 쓰는 것을 모두 공유하고 싶어 했다. 10살이었던 꼬맹이는 밤 9시가 넘어가면서부터는 잠이 쏟아졌지만, 언니가 밤에 듣는 라디오는 꼭 같이 들었다. 신해철 님, 이문세 님이 진행하던 심야 라디오는 왠지 듣기만 해도 내가 언니만큼 어른이 되는 것 같은 기분을 들게 했지만, 그들의 말을 전부 이해할 수 없던 10살 꼬맹이에게는 그저 ASMR, 백색소음일 뿐이었다.

언니는 밤 라디오를 들을 때면 형광등은 끄고 책상에 있던 작은 스탠드를 켰다. 그리고 뒤에 있는 천둥벌거숭이 같은 막내가 잠이 들든지 말든지 오빠들이 진행하는 라디오를 들으며 패션잡지, 연예잡지를 정독했고, 더 시간이 깊어지면 단단히 잠가뒀던 책상 큰 서랍을 열고 일기장을 꺼내 하루를 기록하곤 했다. 언니는 뒤에 있는 어린 동생이 꿈나라로 떠난 줄 알았겠지만, 언니가 하는 모든 것들이 그저 신기하고 따라 하고 싶었던 나는 감겨가는 눈을 손가락으로 벌려가며 언니의 일거수일투족을 어둠 속에서 CCTV처럼 지켜보고 있었던 건 모르겠지.

마냥 어렸던 막내에게도 시간이 흘러 사춘기가 찾아왔다. 4학년이 되면서 정신적으로 매우 성숙한 친구를 만나면서 어린이였던 나는 소녀시대로 입장할 수 있었는데 친구 따라 서투르게 입장한 소녀시대는 그야말로 별천지, 신세계였다. 그동안 제일 재미있는 만화는 일요일 오전에 하는 디즈니가 최고인 줄 알았는데 소녀라는 타이틀을 달자마자 '순정 만화'라는 별천지가 펼쳐졌고, 동화책이나 위인전만 읽던 나에게 '로맨스 소설'이라는 장르는 생전 처음 설렘이라는 감정을 알려줬다.

그 혼란스러운 소녀시대의 초입에서 내가 의지하는 롤모델은 당연히 언니였다. 나에게 언니는 이미 그 별천지 세상에서 모든 것을 통달한 마스터 같은 존재였다. 언니는 11살 소녀가 알고 싶었던 모든 것을 다 알고 있었다. 그런 언니가 너무 대단해서 같이 소녀시대에 입문한 친구들에게 언니 자랑을 얼마나 했었는지 모른다.

함께 소녀시대로 입장한 친구들은 아직은 낯선 그 세계에 대해서 궁금한 점이 생길 때면 고등학생 언니가 있는 나에게 이것저것을 물어왔다. '생리'라는 건 무엇인지, '남자 친구에게 고백해서 성공하는 방법'은 어떤 것인지, 앞머리를 더 높이 세우려면 어떻게 해야 하는지 같은 것들을 말이다.

지금 와서 생각해 보면 왜 저런 게 궁금했을까 싶지만, 그 당시의 어린 소녀들은 그게 세상에서 제일 궁금했던 것들이었고, 그 궁금증을 해결해 줄 사람은 어울리던 친구 중에 유일하게 고등학생 언니가 있던 나뿐이었다. 어렸던 나는 그게 얼마나 자랑스럽고 어깨가 으쓱한 일이었는지. 마치 친구들 사이에서 대단한 사람이 된 것만 같은 기분이었다. 하지만 안타깝게도 소녀시대의 현자이자 마스터였던 고등학생 언니는 꼬꼬마들과는 사는 시간이 달랐다. 꾸벅꾸벅 졸면서 언니를 기다려봤지만, 고등학교 3학년이 된 언니는 귀가 시간이 점점 더 늦어졌고, 친구들의 궁금증을 한가득 가지고 언니를 기다리던 나는 언니 얼굴을 마주하지 못하고 잠에 드는 날이 대부분이었다. 게다가 고3이 된 언니를 방해하지 말라며 나는 다시 할머니의 곁에서 잠들게 되면서 해결하지 못한 소녀시대의 미스터리는 쌓여갔다.

그때나 지금이나 인류는 남성, 여성, 고3으로 나뉘는 것은 변함없으므로, 우리 집에서 누구보다 바쁜 제3의 인류인 고3 언니를 만날 수 있도록 허락된 시간은 엄마 심부름으로 야자시간 전 석식 도시락을 전해주러 갈 때 정도였다. 나는 틈틈이 언니에게 말을 걸 타이밍을 노리고 있었고 드디어 어느 날 언니에게 석식 도시락을 전해주며,

"나 언니한테 궁금한 거 있는데…."
라고 웅얼거렸더니 도시락을 받아 들던 언니가

"그래? 그럼 자기 전에 언니 책상 위에
쪽지 써서 올려놔."
라고 흔쾌히 대답하는 것이 아닌가!

그날 집으로 돌아와 얼마나 신중하게 질문을 골랐는지 지금도 꽤 선명하게 기억난다. 단짝과 수많은 질문 중에 가장 궁금한 것을 고르고, 엄선한 예쁜 종이에 행여 글씨가 틀릴까 정성 들여 꾹꾹 눌러쓰던 그

질문들.

언니가 집에 오기 전에 질문 쪽지를 책상 위에 살짝 올려놓으면 다음 날 아침에 답이 적힌 쪽지가 다시 그 자리에서 나를 기다리고 있었다. 잠들면서 다음 날 언니의 쪽지를 받을 생각에 얼마나 설렜었던지. 그 당시에 언니에게 어떤 질문을 써서 쪽지로 올려뒀었는지는 기억이 잘 안 나지만, 언니가 바르고 단정한 글씨로 답을 써줬던 기억만은 또렷하다.

고3이었던 19살 언니는 엉뚱한 질문을 삐뚤빼뚤한 글씨로 써서 책상 위에 올려놓던 11살짜리 어린 동생이 얼마나 귀여웠을까. 그 미숙하고 엉뚱한 질문에도 진중하게 답을 써줬던 언니의 다정한 마음 덕분에 서투르게 시작했던 나의 소녀시대가 큰 탈 없이 지나갈 수 있었을 것이다.

이제는 전세 역전되어 내가 언니에게 묻는 일보다 언니가 나에게 묻는 일이 더 자주 생기는데, 그래도 여전히 언니는 내가 언제든 어떤 질문을 해도 다정한 답을 주는 사람임은 틀림없다.

아, 그러고 보니 요즘 궁금한 것들이 생겼는데, 오늘 밤, 잠들기 전 오랜만에 언니에게 질문 쪽지를 써봐야겠다. 나의 가장 큰 고민인 나이 듦과 늙어감에 대해 언니는 어떤 다정한 답을 보내줄까. 언니가 보내주는 다정한 대답으로 나의 중년 시대도 무탈히 지나가길.

이제는 스위치

꽁꽁 얼어붙은 슬로프 위를
남은이가 미끄러져 내려옵니다.

겨울의 끝자락이었나. 지구온난화의 심각성이 걱정될 만큼 한동안 겨울답지 않게 따스한 날씨가 이어지다가 막판 뒤집기처럼 다시 갑작스럽게 추워지면서 회색 하늘에 싸라기눈이 흩날리기 시작했다. 보일러를 잔뜩 올려 뜨끈해진 방바닥에 프라이팬 위의 인절미처럼 늘어져 누워있던 오빠는 눈이 내리는 걸 물끄러미 보고 있다가 몸을 벌떡 일으켰다.

"나가자. 쓰레기처럼 누워있지 말고."

너무 춥고 귀찮았지만, 이렇게 신이 난 오빠한테 반기를 들었다간 어떤 보복을 당할지 몰랐기에 잘 익어 늘어지는 인절미 자락처럼 방바닥에서 떨어지지 않는 몸을 일으켜 느릿느릿 외출 준비를 했다. 처음에는 집 근처 백화점에서 점심이나 먹고 들어오면 되겠지하는 마음에 촐랑촐랑 오빠를 따라 백화점 산책을 나섰다. 우중충했던 하늘에서 갑작스레 내리는 눈에 기분이 좋아진 오빠는 맨 꼭대기 층에 있는 식당가에 올라가면서 5층 아웃도어 코너에서는 갑자기 올해는 건강해지라며 등산화를 사줬고, 6층 캐주얼 코너에서는 내년엔 스키를 더 잘 타보자며 귀여운 헬멧도 하나 사주기도 했다. 그렇게 기분 좋은 쇼핑을 하며 백화점 꼭대기 층에 도착해 창가 자리에 앉아 흩날리는 눈을 바라보며 오빠랑 늦은 아침을 먹다가 갑자기 오빠가 눈을 반짝거리면서 말했다.

"어때? 올 시즌 마지막 스키?"
"엥? 갑자기?"

갑자기 추워진 날씨에 몸도 무겁고, 스키장까지 가야 하는 게 너무너무 귀찮았지만, 오빠가 그렇게 신이 나는 얼굴을 보여주는 게 오랜만이라 거절할 수 없었다.

"음…. 그래, 그러자."

게다가 오빠가 사준 귀여운 헬멧이 꽤 맘에 들어

서 나도 빨리 개시하면 좋겠다 하는 생각도 하고 있었고 말이다. 가기로 하고 나니 갑자기 콧노래가 나오면서 후다닥 아침을 마저 먹고 간단하게 짐을 챙겨 스키장으로 향했다.

그해 시즌에 오빠는 한참 스키에 재미를 붙이고 있었다. 나는 스노보드를 타는 걸 좋아했는데 오빠가 오늘은 같이 스키를 타는 게 어떠냐고 해서 조금 망설여지긴 했지만, 나도 한번 타볼까? 하는 호기심에 그러자고 흔쾌히 대답했다.

스키장 근처 렌탈샵에서 조금은 낡았지만 꽤 괜찮아 보이는 스키복과 내 키에 맞는 스키와 장비를 빌려서 스키장에 도착했을 때는 이미 점심때를 지나 해가 조금씩 져가고 있을 시간이었다. 서둘러 옷을 갈아입고 리프트 앞에서 오빠에게 스키 기초강좌를 속성으로 듣고 리프트를 타고 올라가니 이 좋은 걸 왜 귀찮아했을까 하는 생각이 들 정도로 들썩들썩 신이 나기 시작했다. 그네처럼 대롱대롱 매달려서 올라가는 리프트 위에서 바라보는 스키장 풍경이 얼마나 아름답던지. 그렇게 초심자 코스를 대여섯 번 오르내리고 나니 제법 어둑어둑해지고 바람도 거세져서 '인제 그만 가자고 할까?' 하면서 스키를 털고 있었는데 오빠가 초심자 코스 넘어 중급 슬로프를 흘긋 보더니,

"내려가기 전에 곤돌라 한번 타고 올라가서
좌악~ 내려오는 거 어때?"

라며 씩 웃었다. 왠지 모를 자신감이 붙은 나는 "그래! 좋아!"라며 오빠보다 앞서 곤돌라 쪽으로 향했다. 해는 지고 있었고, 바람이 불면서 작은 눈송이가 다시 날리고 있었기에 곤돌라 앞은 한산했다. 오빠랑 나는 서둘러 곤돌라에 올랐고 우리를 태운 한산한 곤돌라는 초급과 중급이 섞여 있다는 코스의 끝으로 이동했다. 창문 밖으로 내려다보이는 텅 비어 있는 눈길이 조금 무섭기도 하고, 또 쓸쓸해 보였지만 어쩌면 올겨울 마지막 스키장이라고 생각하니 오늘 오길 잘했다 하는 마음이 더 커졌다. 슬로프 꼭대기에 우리를 내려준 곤돌라는 우리가 망설일 틈도 없이 다시 내려갔고 서투르게 스키를 고쳐 신는 나와 오빠를 두고

함께 올라온 몇몇 사람들은 먼저 미끄러져 내려갔다. 그 뒷모습을 보면서 작게 화이팅을 외치고 오빠는 나에게 먼저 출발하라는 신호를 보냈다. 생각보다 가파른 경사에 조금 긴장이 되긴 했지만, 오빠가 새로 사준 헬멧도 있고, 오늘 처음 배운 스키였지만 꽤 자신감이 붙었기에 밝게 웃으며,

"오빠! 나 먼저 내려간다! 밑에서 만나!"

라고, 인사하며 폴대를 힘껏 밀었다. 스윽 미끄러져 나가는 스키 날이 얼마나 스무스하던지. '오늘 나좀 되네?'라는 무모한 자신감이 붙은 나는 초급에서 중급으로 이어지는 경사로에서 깊은 곡선을 그리며 내려오다가 숨어있던 작은 얼음덩어리에 스키 엣지가 걸리고 말았는데, 찰나의 그 순간에 몸이 붕 떠오르면서 동시에 텅 빈 스키장 언덕을 가득 메우는 무서운 소리가 내 몸 안에서 울렸다.

"딱!!!!"

'이게 무슨 소리지?' 깨닫기도 전에 나는 차가운 눈바닥에 뒹굴고 있었고, 스키폴대는 한참 멀리에, 그리고 스키 한 짝은 그 반대편 멀리에 떨어져 있었다.

뺨에 닿은 차가운 기운에 생각도 얼고 목소리도 얼어 그저 나는 조금 전까지 내 손에 있었고, 내 발에 달려있던 그것들이 멀리 나뒹구는 모습만을 보고 있었는데, 멀리서 오빠의 비명이 들려오며 얼었던 내 정신도 돌아오기 시작했다.

"남은아!!! 괜찮아?"

오빠가 저렇게 소리도 지를 줄 아는 사람이었나…. 라는 엉뚱한 생각도 잠시, 오빠의 찢어지는 듯한 목소리에 정신이 번쩍 들면서 갑자기 눈물이 터졌고, 어린아이처럼 우왕-하고 울어버리자, 오빠는 더 놀라서 폴대와 스키를 내팽개쳐 두고 스키장 경사길을 미끄러져 가며 뛰어오고 있었다. 오빠 얼굴을 보니 왜 그렇게 눈물이 나던지, 오빠도 얼마나 놀랐는지 기듯이 뛰어와 내 상태를 살피고 허둥거리며 스키장 의무실에 전화했다. 오빠가 울먹거리며 의무실에 전화해서 우리의 위치를 설명하는 동안 눈물이 가득 차 흐릿하게 보이는 겨울 하늘을 바라보며 '아프다'는 생각보다 '오빠가 있어서 너무 다행이다.'라는 생각이 더 크게 들었다. 오빠가 서둘러 이리저리 연락을 돌린 덕에 나는 무사히 산 중턱에서 레스큐에게 업혀서, 그리고 번데기처럼 말려 구조 스키에 대롱대롱 매달려 무사히 스키장 의무실에 도착했고, 응급처치를 한 후 오빠와 함께 집으로 돌아왔다.

돌아오는 길에서 오빠는 나보다 더 사색이 되어 집으로 오는 차 안에서 한마디도 하지 못했고, 그런 오빠가 걱정스러워 나는 오히려 이 정도쯤이야 괜찮다며, 평소보다 더 떠들었던 것 같다. 그날 저녁을 정신없이 보내고 다음 날 병원에서[전방십자인대파열]라는 진단을 받았고, 소식에 놀라 올라오신 엄마·아빠와 함께 나는 본가로 내려와야 했다. 다니던 직장을 휴직하고 수술 일정을 잡는 동안 오빠는 계속 나에게 미안해했고, 십자인대 이식수술과 재활에 제법 긴 1년이라는 시간을 보냈다.

벌써 이게 12년 전 일이다. 시간이 꽤 흘러 지금은 오른쪽 무릎에 작은 세 개의 흉터만 희미하게 남아있는데, 가끔 무리해서 걷거나 비 소식이 있는 날이면 무릎이 뻐근해서 오빠에게 물어볼 때면(오빠는 의사다) 오빠는 뭔가 설명하기 어려운 눈으로 내 무릎의 상처를 바라본다. 그때마다 혹시 내 무릎에 있는 이 작은 상처 3개가 오빠 마음에 더 큰 상처로 남게 된 것은 아닐까 하는 생각이 든다. 이젠 더 이상 오빠가 '괜히 나 때문에'라는 생각은 하지 않았으면 좋겠다. 그 사고 덕분에 나는 1년을 쉬면서 일본행을 준비했고, 그 준비기간이 있었기에 일본에서 보낸 1년의 시간이 내 인생에서 가장 행복했었으니까.

이제는 이 상처가 오빠 마음의 상처가 아닌, 오빠와 나의 추억 스위치가 되어 그날 함께 미끄러져 내려오던 슬로프가 얼마나 아름답고 즐거웠었는지만 기억해 주길 바란다.

기나긴 밤

할머니의 포근했던 무릎과 손끝을 기억합니다.
오늘 밤 꿈엔 저를 만나러 와주실까요.

그런 날이 있다. 소설 [운수 좋은 날]처럼 뭐든 잘 되는 날. 지금 와서 곰곰이 기억을 더듬어보면 그날도 그런 날이었는데, 아침부터 함께 외근을 나가는 부장님, 과장님에게 '입사한 지 얼마 안 된 거 같은데 적응 잘하고 있다, 일하는 게 전임자보다 낫다.'라는 칭찬을 들었고, 거기다 걱정했던 외근업무가 생각보다 힘들지도 않고, 준비했던 순서대로 유연하게 진행되는 날이었다. 맛있는 점심도 먹고, 시원한 커피도 한잔 마시고, 오후 업무에 복귀해서 '오늘은 예상보다 일찍 업무 마감할 수 있겠는데?'라는 귀여운 기대도 했던 날이었다. 오후 업무를 시작하고 얼마 지나지 않아서, 옆에서 이런저런 농담을 하시는 부장님의 아재 개그에도 쉽게 웃지 못할 정도로 갑자기 마음이 가라앉았는데, 그때. 바로 그때, 주머니에서 낯익은 진동이 울렸다.

[엄마]

나는 업무를 하는 동안은 사적인 전화를 잘 받지 않는 편인데, 특히 집에서 오는 전화는 그냥 무음으로 넘겨버리거나, 끊어질 때까지 울리도록 내버려두는 편이었다. (정말 급한 일이라면 언니나 오빠를 통해 메세지를 보내곤 하셨으니까.) 그런데 그날은 좀 달랐다. 핸드폰 액정에 띄워진 그 두 글자를 보는데 왜 그렇게 마음이 철렁 내려앉았을까. 매일 통화하는 엄마의 전화번호가 왜 그렇게 손끝을 저리게 만들었을까.

"엄마?"

"......"

설명할 수 없이 불안한 마음에 신호가 두 번이 채 울리기도 전에 전화를 받아 엄마를 불렀지만, 수화기 너머에 있는 엄마는 답이 없었다. 초조한 마음으로 기다리던 엄마의 답은 들리지 않고, 그저 불규칙한 숨소리만 30초쯤 이어졌을까. 나도 모르게 긴장으로 차가워진 빈손을 허공에 휘저어 벽을 짚었다. 벽에 기대어

숨을 멈추고 엄마의 대답을 기다리는데, 부스럭거리는 소리가 들리더니 이번엔 가라앉은 아빠의 목소리가 들려왔다.

"아빠랑 엄마..할머니 병원인데..
지금 내려올 수 있니?"

아빠의 목소리에 왜 나는 모든 걸 알 수 있었던 걸까. 겨우 벽을 짚고 버티고 있던 손이 미끄러지며 의지할 곳 없어진 내가 바닥에 털썩 주저앉자 멀리서 지켜보던 과장님이 뛰어와 어깨를 잡았다.

"왜? 무슨 일인데?"

그때 나는 무슨 대답을 했었나? 짧게 기억나는 순간들은 내가 갑자기 울며 집에 가봐야겠다고 이야기했고, 다리에 힘이 풀려 제대로 걷지도 못하는 나를 업무용 차량으로 태워 근처 터미널에 데려다줬다. 그렇게 정신없이 도착한 터미널에서 고속버스를 기다리는데 오빠에게 출발했냐며 전화가 왔고, 통화하며 숨이 안 쉬어질 정도로 울었던 기억뿐이다.

무슨 정신으로 버스를 탔을까. 본가로 내려가는 3시간 40분 동안 버스 안 사람들이 흘끔거리며 쳐다볼 정도로 울었고, 겨우 멈춘 눈물이 터미널에서 나를 데리러 나온 오빠의 얼굴을 마주한 순간 또 터져버리고 말았다. 할머니의 마지막 소식에 나는 아무 말도 못하고 눈물만 흘렸다.

어린 시절 할머니는 나에겐 엄마였다. 온종일 화방 일로 바빴던 엄마를 대신해 아침에 어린 나를 깨워서 옷을 챙겨 입히고, 밥을 먹이고, 학교에 보내고, 씻기고, 재우는 사람은 할머니셨다. 지금도 나에게 집밥의 기준은 할머니의 손맛이고, 지금 내가 끓이는 된장찌개도 할머니의 맛이다. 외투에서 떨어진 단추를 야무지게 달 수 있는 솜씨를 갖게 된 것도 할머니의 가르침 때문이었다. 찬바람이 불면 뜨개바늘과 알록달록한 색색의 털실로 코를 만들어달라고 할머니 뒤를 쫓아다니고, 몇 번 하다가 싫증을 내고 내버려둔

뜨개 목도리를 마무리해 주는 사람도, 늦게 들어오는 엄마를 대신에 품에 안고 옛날이야기, 무서운 이야기를 해주던 사람도 나에겐 언제나 할머니였다. 그런 할머니의 마지막 소식이 어찌나 시리게 마음을 파고들던지. 오빠와 함께 할머니를 모신 장례식장으로 가는 길 위에서 눈 끝이 짓무를 정도로 눈물을 닦아내며 그저 할머니를 생각할 뿐이었다.

할머니는 꽤 오랜 시간 요양병원에 계셨다. 인간에게 가장 잔인한 질병이라는 치매 때문이었는데, 할머니에게 찾아온 치매는 50년 가까이 함께 살아온 엄마와 할머니 사이를 지독하게 이간질했다. 두 분은 날마다 지옥에 있었고, 전쟁을 치렀다. 하루 중에 함께하는 시간이 가장 많았으니까. 그런 두 분을 보다 못한 아빠가 결국 엄마가 꺼내지 못한 이야기를 먼저 꺼내셨다.

"요양원으로 모시자."

아무도 반대할 수 없었다. 반대하는 건 엄마와 할머니 모두를 지옥에 내버려두는 것과 다르지 않았으므로. 그리고 빼꼼히 열린 문틈으로 이야기를 듣고 계시던 할머니도 별말씀 없이 방문을 닫으셨다. 그날 밤 할머니는 어떤 마음이었을까. 얼마나 마음이 무너져 내리셨을까.

아빠가 이야기를 꺼내고 바로 그 주말, 요양원 환경조사를 위해 엄마, 아빠와 함께 병원을 처음 방문했던 날, 나는 엄마가 그렇게 울 수 있는 사람인지 처음 알았다. 병원을 둘러보고 시설을 살펴보던 냉정한 표정의 엄마는 온데간데없이 차에 올라타 문을 닫자마자 얼마나 눈물을 쏟아내시던지. 결국 우리 가족은 처음 요양병원을 둘러보고 온 뒤 2년을 더 할머니와 지냈다. 함께한 마지막 2년 동안 할머니는 가끔 엄마에게 도둑년이라고 소리를 지르시며 물건을 던지셨고, 때론 엄마 손을 붙잡고 내가 빨리 죽어야 네가 편할 텐데 라시며 울부짖으셨다. 그럴 때마다 엄마도 함께 소리 지르며, 울고 껴안았다. 나는 그걸 그저 보고만 있을 수밖에 없었다. 엄마와 할머니는 이 집안의 그 누구보다 서로를 사랑하고, 이해했지만 그만큼 서로를 미워하던 사람들이었으니까.

　　요양원에 들어가신 후 할머니의 병세는 급격히 안 좋아지셨다. 아마 낯선 곳에서 홀로 온종일 누워있는 것이 전부인 생활 때문이었을 것이다. 할머니는 참 부지런한 분이셨다. 새벽 5시면 일어나셔서 출근하는 아빠와 오빠의 식사를 챙기셨고, 늘 내 교복을 깨끗하게 털어주셨다. 식구들이 출근하고, 등교하고 난 후면 작은 체구를 부지런히 움직이시며 온 집 안을 청소하고, 정리하시던 게 일상이었는데, 그런 분이 온종일 누워서 병원 천장만 바라보고, 의미 없이 틀어진 티브이만 바라봐야 하는 일상이 얼마나 괴로우셨을까..를 이제야 나는 생각하게 된다.

　　요양원에서는 가족들이 자주 오는 걸 반기지 않았다. 가족들이 왔다 가면 집으로 가고 싶다고 투정 부리시는 어르신들이 많아서 병세에 더 안 좋다는 게 이유였는데, 할머니는 그렇지 않으셨다. 우리가 가면

그저 가만히 보고 계시다가 손끝을 슬쩍 당겨서,

"니가 남은이냐? 남은이 언니냐?"
라고 물으실 뿐이었다.

"저 남은이에요. 할머니"
라고 대답하면,

"아이고, 우리 남은이냐, 언제 이렇게 컸냐?"

하시며 거칠어진 손으로 내 손을 꼭 쥐실 뿐이었다. 버석버석한 할머니 손의 촉감이 아직도 내 손끝에 남아있는데, 할머니에게 전하고 싶었던 미안했던 마음도, 다정한 마지막 인사도 아직 정리하지 못했는데, 아무것도 못 하고 울기만 하는 나를 태운 오빠의 차는 장례식장에 도착하고 말았다. 축축해진 손끝으로 차 문을 열지 못하고 망설이는 나를 말없이 기다려주던 오빠가 어깨를 다독이며 입을 열었다.

"이제 그만 들어가야지.."

　겨우 차에서 내린 나는 오빠의 손에 이끌려 쉬이 떨어지지 않는 발걸음을 옮겨 할머니의 마지막 사진 앞에 설 수 있었고, 그제야, 눈물을 멈추고 가만히 할머니의 얼굴을 마주할 수 있었다. 그렇게 한참을 바라보며 숨을 가다듬고 겨우 입을 열어 인사를 전했다.

"할머니, 남은이 왔어요. 늦어서 죄송해요."

　할머니를 보내드릴 밤이 시작되었다.
　아주 긴 밤이.

영빈씨를 아시나요?

저만 아는 영빈씨의 이야기,
들어주시겠어요?

가족이라면 이 세상 누구보다 가까운 사람이라고 으레 생각하기 마련이다. 특히 부모·자식 간의 경우 그런 근거 없는 자신감은 더더욱 커지는데, 나도 그런 사람 중의 하나였다.

그렇다면 그렇게 잘 안다는 내가 아는 임영빈씨는 과연 누구인가? 그는 1945년 서울에서 태어나 고등학교까지 다녔고, 사업하는 할아버지를 따라 광주로 내려와 대학에 진학했다. 그러다 대학 시절 심재남씨를 만나 달콤한 시간을 보내며 미래를 약속했고 같은 대학 대학원을 거쳐 지방전문대 건축학과 교수로서 수많은 학생을 가르치고 정년퇴임 했다. 그사이 큰딸, 둘째 아들, 막내딸까지 순탄하게 얻으며 다복한 가정을 꾸렸고, 평생 부모를 모시고 살며 행복한 가정의 가장 역할을 충실히 해낸 단단한 삶이었다. 이 짧게 쓰인 몇 줄이 세상 누구보다 가깝다는 막내딸인 내가 아빠인 영빈씨에 대해 알고 있는 전부였다.

이 짧은 전부로 나는 얼마나 오만하고 건방지게 임영빈씨를 다 알고 있다고 생각했었나, 그 오만했던 시간을 돌아보면 지금의 나는 꽤 부끄러워진다. 대학교 4학년을 꽉 채우지 않고 서울로 조기 취업하여 상경한 나는 특히나 임영빈씨와의 접점이 그의 첫째 딸과 둘째 아들보다 적었기에 그렇다고 얘기하는 건 그저 변명일 뿐일지도 모른다.

내가 안다고 자신해 온 임영빈씨는 양식보다는 한식, 특히나 쿰쿰한 육향이 가득한 고깃국물 요리에 소주를 즐기고, 하루에 담배 반 갑은 너끈히 태우는 전형적인 한국 아버지였다. 삶에 치여 감정이 메말라 슬픈 영화나 가족들과의 대화에서 눈물을 흘리는 법도 없고, 아내가 구입해오는 옷을 불만 없이 입는 취향이 없는 사람이며, 삶의 고단함 따위는 종이컵에 담긴 달달하고 찐득한 믹스커피로 달래는, 아침마다 돋보기를 내려쓰고 종이신문을 넘겨보는 게 취미인 사람이라고 나 혼자 생각하고 판단했다.

그에 대한 이런 오만방자한 생각이 틀렸다는 걸 깨달은 날이 있었다. 할아버지가 돌아가시고 불어온 보증 빚의 여파에 휘청이던 집을 지키기 위해 영빈씨와 그의 아내가 여기저기를 뛰어다니며 고군분투하던 시절이었다. 내가 고등학교 2학년 어느 주말로 기억하는 그날은 아직도 누군가에게 선뜻 말하기 어려운 어두운 기억 속에 있는 날인데, 숨을 가다듬고 마음을 다독이며 그날을 이야기해 본다.

돌아가신 할아버지에 대한 그리움과 슬픔, 그리고 남기고 가신 보증 빚에 대한 원망 때문에 어둡고 무거워졌던 집안 공기를 환기하고 싶었던 걸까. 영빈씨가 갑자기 저녁을 먹으러 가자며 일어섰다. 그렇게 영빈씨는 그의 아내 그리고 아들과 막내딸을 끌고 나오다시피 데리고 집을 나섰고 차를 타고 제법 가야 하는 꽤 먼 단골식당에서 조용한 주말 저녁 식사를 하게 되었다. 식사가 거의 끝나갈 즈음 영빈씨는 아직 어린 대학생 아들과 고등학생 막내딸에게 그동안의 집안 사정을 차분히 설명해 주었다. 그리고 자식들 앞에서 결코 보이고 싶지 않았을 가장으로써의 무능함에 대해 사과하며 눈물을 보였다. 지금이야 이렇게 덤덤하게 글로 써 내려가며 그날을 추억이라는 단어로 보기 좋게 포장할 수 있지만, 18살의 나는 아니었다.

나의 영빈씨, 세상에서 가장 크고 단단했던 아빠의 눈물은 어린 막내딸에게는 무어라 설명할 수 없는 의미로의 충격이었다.

사실 영빈씨는 여린 사람이었지만 강한 척 살아온 사람이었을 것이다. 그는 자신의 감정을 솔직히 표현하는 법을 몰랐고, 무녀독남 외둥이로 자라며 부모의 기대에 끊임없이 부응해야 했으며, 어린 나이에 한 가정의 가장이 되어 지금의 나는 짐작도 할 수 없는 무게의 책임감으로 살아야 했다. 그런 상황이 그를 끊임없이 몰아붙여 스스로를 단단히 만들어야 했을 테다.

그는 가족을 지키기 위해서 웃음도 참고, 눈물도 참으며 살아오는 것을 당연하게 여기는 삶을 살았다. 비록 그는 건조하고 퍽퍽한 삶일지라도 그의 가족들이라도 자신이 만든 단단한 울타리 안에서 웃고 울며 말랑하고 따스하게 살아갈 수 있도록 말이다.

어린 나는 집안이 망해서 좁은 집으로 이사를 가야 하는 것보다, 학교까지 통학 시간이 길어진 것보다 영빈씨의 눈물이 슬펐다. 더 정확히 얘기하자면 이렇게 되고 나서야 흘릴 수 있게 된 그의 눈물이 슬펐다.

그가 살아오며 마주했던 수많은 순간 속에서 얼마나 많이 울고 싶고, 주저앉고 싶었을까를 생각하니 그제야 영빈씨의 여린 속살이 보였다. 가장이라는 이름 때문에 꼭꼭 감추어두었던 여린 속살이 책임감이라는 무거운 겉옷에 쓸려 빨갛게 부어올라 있었다. 그날 저녁 우리 가족은 텅 빈 식당에서 영빈씨의 빨갛게 쓸린 속살을 보듬어 주며 한참을 다 함께 울었다.

그날 이후 나는 많은 생각을 바꿨다. 영빈씨와 그의 아내는 지금의 나보다 한참 어린 나이에 가정을 이루고 부모가 되었다. 어린 그들이 해내야 했던 부모의 역할은 매우 어렵고 대단한 것이기에 그들의 젊음은 지금 나의 젊음과 달랐을 것이고, 살아오기에 쉽지 않았을 것이다. 그 삶을 이해할 수 있게 되면서 그들이 부모이기 때문에 당연히 이럴 것이다. 라는 지레짐작을 버리기로 했다.

그 시절로부터 많은 시간이 지난 요즘의 영빈씨는 세련된 카페에서 마시는 캐러멜 마키아토를 좋아하고, 운전할 땐 아이스 아메리카노를 즐겨 마신다. 물론 한식도 좋아하긴 하지만 로제 파스타와 루콜라가 올라간 화덕피자도 좋아하는 메뉴. 평소엔 청바지에 가벼운 바람막이를 입고 크록스를 신는다. 그 시절의 영빈씨 나이에 가까워진 큰딸이 운전하는 차에 타고 떠나는 나들이를 즐기고, 흰머리가 제법 늘어난 둘째 아들과 인생을 의논한다. 아내를 데리고 방문한 병원에서 보호자 역할을 막내딸에게 맡기기도 한다.

지금의 영빈씨는 가족들에게 처음으로 속살을 보였던 그날을 어떻게 기억할까. 부디 자식들 앞에서 약한 모습을 들켜버렸던, 잊어버리고 싶은 장면으로 기억하지 않길 바란다. 나는 그날 영빈씨의 눈물 덕분에 어렵고, 낯설고, 커다란 사람이었던 그가 때로는 내가 안아주고 위로해 주어야 할 존재라는 걸 깨달았으니.

이제 나도 어디 가서 우리 영빈씨를 꽤 안다고 이야기할 수 있을 것 같다.

아빠리스타

커피명가 아빠벅스입니다. 주문하시겠어요?

"늘 마시던 걸로요."

평소의 주말 아침이었다면 늘어지게 자고 있었을 오전 10시 반이지만, 오늘은 11시에 출발하는 광주행 SRT를 놓칠까 정신줄을 부여잡고 호다닥 지하철 출구를 빠져나왔다. 그리고 연신 핸드폰 화면의 티켓을 확인하며 광주까지 내게 허락된 좌석을 찾아 발걸음을 재촉했다. 어정쩡한 표정으로 인사하는 역무원을 지나쳐 두리번거리며 찾은 좌석번호를 두 번 세 번 확인하고서 자리에 앉은 뒤에야 아침 일찍부터 긴장했던 마음이 탁 소리를 내며 풀어진다.

유리창에 슬쩍 비추어 보이는 오랜만에 입은 화려한 원피스와 조금만 움직여도 찰캉찰캉 소리를 내는 체인 핸드백이 어색해서인지 불편해서인지 자리에 앉아서도 옷매무새를 이리저리 정리해 보지만, 아침 일찍 서둘렀던 마음처럼 원피스 끝자락도 내 맘처럼 정리가 되지 않는다.

아침 일찍 정신없이 서두르는 와중에도 포기할 수 없었던 아이스 아메리카노까지 한 모금 마시고 나니 곧 열차가 출발한다는 안내방송이 나왔고, 의자의 각도를 조절하며 다시 자세를 고쳐 앉았다. 그제서야 마음에 여유가 생겨 창밖으로 시선을 돌리자, 시속 300km의 풍경이 흘러간다.

나의 살던 고향은 광주다. 서울에서 고속버스로 3시간 30분, SRT로는 2시간 30분이면 도착하는 마이 홈타운. 세계적 역병의 시대가 되고 나서는 혹시나 내가 바이러스를 물어 나르는 비둘기가 될까 싶어 본가에 가는 걸 참고 있었는데, 눈에 넣으면 아프겠지만 그래도 예쁜 셋째 조카의 돌잔치에 빠질 수는 없어서 완전무장을 하고 오랜만에 본가로 가는 길을 나섰다. 오랜만에 집으로 가는 길은 설레고, 익숙하지만 낯설었다. 하지만 오랜만의 셀렘도 잠시뿐이고 시속 300km의 흘러가는 풍경도 잠시뿐이라 이내 흥미를 잃은 나는 서둘렀던 아침 핑계를 대며 잠을 청했다.

출발할 때 가득 찼던 얼음과 커피가 바닥을 보일 즈음 목적지에 도착한다는 친절한 방송이 나왔다. 여전히 어색하고 불편한 원피스 자락을 정리하며 일어나 이번 역에서 내리는 사람들과 함께 우르르 기차에서 쏟아져 나오자 기다렸다는 듯이 핸드폰이 울렸다.

[샤릉하는 아빠]

문법상으로는 오류가 있어 보이는 문장이지만, 내 나름의 애정이 듬뿍 담긴 아빠의 닉네임. 통화버튼을 누르는 순간, 이 다정한 닉네임을 써놓은 사람과는 다른 사람이 된 듯 애틋한 마음은 긴 치맛자랏에 숨기고서 무뚝뚝하다 못해 먼지가 날릴법한 건조한 목소리로 대답한다.

"응, 아빠. 도착했어."
"그래, 늘 만나는 횡단보도로 나와라."

단 두 줄로 끝나는 통화는 아빠와 내가 복잡한 역전에서 만나기에는 충분한 정보를 전달하고는 서둘러 끊긴다. 서울에서, 대전에서, 또 다른 곳에서 모인 많은 사람들 사이를 요령 좋게 피해 가며 약속 장소로 향한다. 그 틈에 혹시나 원피스 끝자락이 에스컬레이터에 끼어들어 가지는 않을까 조심하며.

　도착한 약속 장소에는 언제나 반가운 아빠의 차가 먼 곳에서 오는 막내딸을 기다리고 있었고 나는 그 기다림에 대답하듯 닫혀있던 앞문을 활짝 열고 폴짝 올라탄다.

　"왔어?"
　"응. 왔어."

　또 두 문장의 짧고 딱딱하지만 다정한 안부를 담은 대화를 끝내고 서로 각자의 눈앞에 집중한다. 아빠는 운전에, 나는 인스타그램 하트에.

　집까지 이동하는 동안 잠깐 얘기해 보자면, 우리 집에서 나는 소위 말하는 눈에 넣어도 아프지 않을 늦둥이 막내딸이다. 큰언니와는 8살, 오빠와는 6살 터울로 막내인 나는, 엄마 말에 의하면 맞벌이로 바빴던 부모님에게 기쁨보다는 걱정으로 생긴 막내딸이었다. (저 어린 걸 또 언제 키우나..라는 걱정이셨다고 한다.) 자라면서 맞벌이 부모님보다 할아버지, 할머니가 더 가까웠고, 주간·야간수업으로 하루 종일 얼굴 보기 힘들었던 아빠보다는 가게에서라도 얼굴 볼 수 있었던 엄마가 가까웠기에 어린 시절 나에게 가장 낯선 사람을 말하라고 하면 당연히 아빠였다.

어린 기억 속 아빠의 모습은 희미하다. 한참 사춘기였던 큰언니를 혼내시던 목소리, 가까이 가면 콜록거리게 되던 담배 연기, 술에 취해 여린 살에 비비던 까칠까칠한 수염 난 뺨 같은 짧고 단편적인 기억만 있는 나에겐 아빠는 낯설고 먼 존재였다. 시간이 흘러 아빠에게 시간이 생겼을 땐 내가 취업하며 서울로 올라오게 되었고 삼남매 중 아빠와 가장 추억할 거리가 없고, 대화가 어색한 막내딸이 돼버리고 말았다. 특히 아빠와 단둘이 있게 될 때는 시간이 빨리 지나기를 바라는 서글픈 감정이 생긴다. (주말드라마에서나 볼 법한) 아빠 팔에 팔짱 끼며 대롱대롱 매달리는 살가운 딸들처럼은 아니더라도 나의 일상을 소소히 공유할 수 있는 딸이 되면 좋을 텐데..하고 오늘도 속으로 생각만 하고, 다짐만 한다.

어색한 드라이브를 마치고 집에 들어와 수문장 엄마와의 통과의례 같은 작은 말다툼까지 끝내고도, 돌잔치까지는 시간이 좀 남아서 기차에서 다 못 잔 낮잠을 좀 자볼까 하고 이불 속으로 꿈틀거리며 들어가던 때였다. 아빠가 방문 앞에 어색하게 서서

"커피 한잔할래?"

라고 물으신다. '아... 커피 마셨는데... 자고 싶은데...'라는 속마음을 솔직히 대답할까 하다가 오랜만에 아빠의 투박한 커피가 생각나서 달콤한 낮잠을 포기하고 무거운 몸을 일으켰다.

"응. 아빠. 나도 커피 한 잔."

아빠는 막내딸의 주문이 접수되고 그제야 어색한 표정이 밝아지시며 분주히 싱크대 제일 높은 칸에 자

식들이 올 때만을 기다리며 고이 모셔놓은 낡은 그라인더를 꺼내셨다. 먼지 떨어진다며 잔소리하시는 엄마의 목소리가 아빠의 서투른 그라인더 소리와 꽤 잘 어울리는 피쳐링이 되어 새로운 추억이 되어가고, 나는 그 추억을 열심히 주워 담는다. 내가 추억을 담는 동안 아빠의 낡은 그라인더에서는 원두가 투박하고 굵게 갈리며 짙은 향을 뿜는다. 런닝셔츠에 파자마 차림, 돋보기를 쓰고 오랜만에 집으로 돌아온 늦둥이 막내딸을 위해 집중해서 그라인더를 돌리는 아빠의 모습에 꽤나 멋지고 귀여워서 나도 모르게 웃음이 났다. 그리고 이 순간을 놓칠세라 카메라를 꺼내 아빠의 모습을 담고나니 어색하고 불편했던 원피스 끝자락이 편하게 정돈된 것처럼 마음이 편해졌다.

'나, 집에 왔구나..!'

우리 집에서만 영업하는 아빠리스타가 내려주신 세상에서 제일 맛있는 커피, 그게 이제부터 만들어가는 아빠와의 추억이다.

자전거 뒷자리

따르릉따르릉 비켜나세요,
오빠님의 자전거가 나갑니다.
따르르르르릉.

독립한 지 16년 차. 최대의 위기가 찾아왔다. 전 세계적인 역병의 위기로 인해 은행 금리가 쭉쭉 올라가기 시작했고, 그 결과 내가 받은 전세자금 대출의 금리도 시대 트렌드에 맞춰 쭉쭉 올라가기 시작했다. 이제는 이자가 다달이 월세만큼 나오기 시작한 것이다. 언제나 다정한 문장으로 인사말을 보내던 은행의 냉정한 금리 인상 통보 문자는 16년 차 자칭타칭 자취 베테랑인 나를 절망의 나락으로 밀어버리기에 충분했다. 안 그래도 허덕이며 겨우겨우 살고 있었는데, 도대체 무얼 더 아껴서 은행 금리를 갖다 바쳐야 하나 마음이 답답해지고, 괜스레 이 역병의 시대가 원망스럽고 넉넉지 못한 내 통장의 잔고가 서러웠다.

은행 문자를 두 번 세 번 다시 읽으며, 혹시 내가 숫자를 잘못 읽었나? 금리 계산이 잘못된 것은 아닐까? 내가 왜 고정금리를 안 하고 변동금리를 하겠다고 했었지? 하는 오만가지 지난 시절을 원망하는 시간을 보내며 동굴로 파고 들어가고 있을 때였을까. 서울대병원에 학회 참석차 온 오빠의 카톡이 왔다.

[뭐하냐? 나와. 밥이나 먹자]

마음 같아서는 밥이고 뭐고 다 때려치우고 그저 동굴 속에서 세상 원망이나 하면서 집에 있고 싶었지만, 집에 있다 보면 또 답 없는 미래에 한숨이나 쉬고 허송 시간을 보낼 것이 뻔해서 꾸역꾸역 몸을 일으켜 답을 했다.

[알겠어. 어디로 갈까?]

오빠는 오전에 학회가 마무리될 거라며 혜화로 나오라고 답을 했다.

옷을 입으면서도, 혜화로 가는 길을 검색하면서도, 오빠가 맛있게 먹을만한 음식점을 찾으면서도 머릿속은 온통 갑작스레 내 명치를 가격한 은행 금리 생각뿐이었다. 어찌어찌 정신줄을 붙잡고 학회가 끝난 오빠와 만나 미리 검색해 둔 요즘 인기 맛집으로 향했다. 오랜만에 서울에서 만난 오빠를 걱정시키고 싶지 않아서, 혼자서도 씩씩하게 잘살고 있다고 보여주고 싶어서 일부러 크게 웃고, 크게 이야기했다. 별시답지도 않은 농담을 던지면서 인생이 즐겁다는 허세를 부리기도 했는데, 지금 생각해 보면 내가 왜 그랬는지 모르겠다. 어쩌면 그런 과장된 행동들이 오빠를 더 걱정하게 했을지도 몰랐겠다는 생각이 이제야 드는 걸 보면 나도 아직 어른이 되긴 멀었다. 요즘 인기 맛집은 오빠와 내가 그릇을 비우자마자 대기 손님들을 위해 재빠르게 그릇을 정리해 가져갔고, 빠르게 정리된 테이블이 민망해진 우리는 근처 학림다방으로 자리를 옮겼다.

"밥은 오빠가 샀으니까, 커피는 내가 살게."
"그래, 그래야지."

커피와 작은 케이크를 앞에 두고 오빠와 마주 앉아 나는 혹시나 오빠에게 오늘의 기분을 들킬세라 커피를 호로록 마셨다가, 작은 케이크를 이리저리 뒤적거리다가, 식구들의 안부도 묻고, 요즘 쪼꼬미들(오빠네 조카들)은 어떻게 지내는지 물었다. 이런저런 질문에 툭툭 무심하게 답을 해주던 오빠가 슬며시 나를 들여다보더니 커피잔을 내려놓고 입을 열었다.

"너는 어때? 잘 지내고 있어?"
"……"

너무 갑작스러운 질문이었을까. 쉬이 답을 찾지 못하고 망설이는 나를 알아챈 오빠가 재차 물어왔다.

"왜? 무슨 일 있어? 얘기해 봐."
"…사실은…"

사실 역병의 시대를 내가 창궐한 것도 아니고, 역병을 핑계로 은행 금리가 쭉쭉 올라간 것도 내 탓이 아닌데 나는 왜 그렇게 주눅이 들어서 오빠에게 이야기를 시작했는지 모르겠다.

별걱정 없이 무탈하고 즐겁게 잘살고 있는 동생의 모습을 기대했을 오빠에게 이런 멋없는 걱정으로 속

앓이하는 내 모습을 보여주는 게 어찌나 속상하고 미안하든지 마음과는 다르게 바보처럼 눈물이 고여왔다.

　오빠와 나는 집안 풍파의 시대를 함께 겪어왔다. 가세가 기울어진 집안을 위해 오빠는 꿈도 포기하고 의대에 진학했으며, 좁아진 집 때문에 불편할 다른 가족들을 위해 병원에서 숙식을 해결했다. 이사 후 집으로 오는 골목길을 무서워하던 나를 위해 하교 시간에 맞춰 버스정류장에서 나를 기다렸다가 자전거에 태워 동네 한 바퀴를 돌며 위로해 주던 오빠였다. 나는 그런 오빠 덕분에 이렇게 잘 자라왔다. 큰집에서 작은 집으로 이사했을 때도, 환하고 큰길로 하교하던 길이 좁고 어두운 골목길로 바뀌었을 때도 나는 오빠 덕분에 어두운 골목길을 무서워하지 않고 집으로 돌아오며 큰 걱정 없이 무던하고 행복하게 자라왔다. 나는 그런 오빠에게 이제는 잘 커서 오빠 없이도 잘 살아갈 수 있다고 보여주고 싶었다. 그런데 오빠의 한마디에 나는 다시 17살 어린 동생이 되어 다시 오빠의 자전거 뒷자리에 올라탔다. 힘겹게 꺼낸 내 사정을 가만히 듣던 오빠는 갑자기 의자 뒤로 기대앉더니 피식 웃으며 얘기했다.

"난 또 뭐라고. 별거 아니네."

오빠가 그렇게 얘기해주니 그 순간 며칠 동안 끙끙 앓던 문제가 정말 아무것도 아닌 것처럼 마음이 풀어지며 나도 슬그머니 웃음이 나왔다. 그리웠던 오빠의 자전거 뒷자리에 올라앉으니 언제 그랬냐는 듯 마음이 편해졌다. 그래, 몸이 아픈 것도 아니고, 사는 집에서 쫓겨난 것도 아닌데 금리 조금 오른 게 무슨 대수라고.

오빠는 금세 다른 얘기를 꺼냈고 우리는 또 시시껄렁한 이야기를 주고받으며 커피와 케이크 접시를 비웠다. 기차 시간이 다 된 오빠를 배웅하기 위해 용산역으로 향했다. 오빠는 조카들 선물을 사줘야겠다며 역사 안 캐릭터 샵으로 향했다. 오빠 편에 조카들 선물을 사서 보내야겠다 마음먹고 이것저것 고르며

보고 있었는데, 내가 계산할 틈도 없이 이미 계산하고 포장까지 해버린 오빠가 나에게 쇼핑백 하나를 내밀었다.

"옜다, 애들 거 사면서 네 것도 하나 샀어.
아이고, 벌써 시간이 이렇게 됐네. 가자.
오빠 이제 기차 타러 가야겠다."

서둘러 걸음을 옮기는 오빠 뒤를 따라가며 쇼핑백을 슬쩍 열어봤더니 '나는 짱!', '짱 잘했어요!', '행운'이라는 메시지가 쓰여 있는 초록색 네잎클로버 모양의 쿠션이 들어있었다. 뒤에서 쿠션을 확인하느라 걸음이 늦어지는 나를 돌아보며 오빠는 손을 흔들었다.

"오빠님 가신다!! 쳐져 있지 말고 잘 지내!"

그렇게 플랫폼으로 내려가는 오빠 뒷모습을 보면서 나는 어떤 표정이었을까. 플랫폼까지 따라 내려가고 싶었지만, 다시 오빠의 얼굴을 보면 울음이 터질 것 같아 꾹 참고 오빠의 뒷모습이 안 보일 때까지 그 자리에서 손을 흔들었다. 오빠의 뒷모습이 사라지고도 한참을 그 자리에 서 있다가 집으로 돌아가는 버스 정류장에 도착했을 때 핸드폰이 울렸다.

[잘할 거라 믿지만 힘들면 언제든지 집에 와! 알았지! 내가 너 하나 못 챙기겠냐?? ㅋㅋ]
[ㅋㅋㅋ 하는 데까지 해볼게!!]

오빠가 보낸 두 줄의 메시지에 왈칵 눈물이 쏟아졌다. 하루 종일 밝은척하며 어색하게 웃던 동생을 보며 마음이 무거웠을 오빠에게 한없이 미안해졌다. 오빠는 광주로 내려가는 기차 안에서 어떤 마음으로 타지 홀로 남겨두고 온 동생에게 이런 메시지를 보냈을까. 주눅이 들어 하교하는 동생을 자전거 뒷자리에 태워 동네 한 바퀴를 돌던 그 시절의 마음이었을까.

나는 그 후로도 마음이 약해질 때면 그날 오빠가 보낸 메시지를 다시 읽어본다. 그 어떤 누가 나를 이

렇게 온전히 믿어줄까. 그 어떤 누가 이렇게 온 마음
을 다해 응원해 줄까. 하는 마음으로. 오빠의 메시지
를 읽고 나면 오빠의 응원으로 그다음을 다시 힘을
내 살아가게 된다. 오빠의 응원에 대답하듯 힘차게 살
아가고 싶어진다.

그리고 이제 오빠의 자전거 뒷자리에서 내려와 내
자전거의 페달을 힘차게 밟아야 할 시간이다.

보호자분 어디계세요?

무조건 사랑하고 보호해야 할 존재들,
이제 내가 두 사람의 보호자가 되어야 할 차례다.

"혹시 연차 낼 수 있니?"

늦은 저녁 일상을 전하던 전화 통화 끝에 엄마의 망설임 가득한 부탁이 함께 왔다.

"갑자기? 왜? 무슨 일인데?"

이런 말씀은 통하시지 않았던 터라, 불안함에 심장이 덜컥 내려앉는 것 같았지만, 혹시 좋은 일로 오시는 걸 수도 있냐고 하는 마음으로 엄마의 질문에 답에 앞서 나의 궁금증을 덧붙였다.

"아, 큰일은 아니고,
엄마 그날 인천병원에 수술하러 가."
"수술? 갑자기 무슨 수술?"

그러고 보니 엄마가 몇 년 전부터 허리통증을 말씀하시는 횟수가 점점 늘어왔었다. 꽤 아프다고 말씀하시면서도 자식들이 걱정의 잔소리를 늘어놓으면 '별일 아니야~'라고 금방 얼버무리시거나 그렇게 아프시면 병원을 가서 진료를 받아보자고 자식들이 큰소리를 내면 '아이고, 아니다. 아니야.'라며 서둘러 다른 이야기로 돌리셨기 때문에 괜찮으신가보다 하고 큰 걱정은 안 하고 있었는데, 작년부터 걸음을 걸으실 때 스틱(등산지팡이 말고, 보행 보조기)을 사용하시기 시작했고, 광주에서 꽤 이름있는 통증의학과에 정기적으로 척추통증 주사를 맞으러 다니기도 하셨다. (이 모든 내용을 삼남매 중 내가 가장 늦게 알게 되었다. 참으로 애석하게도)

엄마와 아빠에게 나는 아무리 나이가 들어도 그저 늦둥이 막내였다. 아직도 어린이날이면 용돈을 보내주시고, 생일, 명절엔 꼬까옷을 사주신다. 집에 안 좋은 일이 있거나, 큰돈이 들어갈 일이 생겨도 막내인 나에게는 소식을 전하지 않으시고, 언니와 아니면 오빠랑만 상의하시는데 여전히 어린 애인 것만 같아서 죄송하고 속상하다가도 아직 엄마·아빠에게 어린 막내로 남아있을 수 있어서 다행이라고 생각할 때도 있었다. 못된 마음이긴 하지만 어려운 문제를 해결해 드려야 한다는 부담감에서 조금은 자유로울 수 있었으니까. 물론 그 부담감을 크게 느끼는 언니와 오빠에게는 참 많이 미안하다. 그래도 이제 어디 가서 막내가 될 수 없는 나이이기에 집에서만이라도 여전히 어리광 부릴 수 있는 막내로 남을 수 있다는 게 고맙기도 했다.

그런 나에게 엄마가 이런 부탁을 하시는 게 거의 처음 있는 일이었다. 본가에 놀러 내려왔으면 좋겠다시며 연차 이야기를 하셨던 때는 종종 있었지만, 병원 수발을 위해 연차를 내라고 하셨던 적은 없었기에 더 놀라기도 했다.

"엄마 무슨 수술인데? 큰 수술이야?"

"아니~ 그런 거 아니야. 통증의학과 원장 선생님이 인천에 잘 아는 명의 선생님을 소개해 줬거든. 가서 간단한 시술 받는 건데, 시간이 그때밖에 안 된데, 그래서 혹시 너 시간 낼 수 있나 물어봤어. 시간 안 되면 어쩔 수 없지. 엄마아빠 괜찮아."

엄마는 전화를 끊을 때까지도 월요일이라 휴가 내기 힘들면 굳이 안 나와도 된다고, 아빠랑 둘이 가서 금방 시술만 받고 다시 내려오면 된다시며 기차표 예매만 좀 해달라는 말씀을 남기고 서둘러 통화를 끝내셨다. 주초에 연차를 이틀이나 쓰게 하는 게 엄마 딴에는 괜히 막내딸이 회사에서 싫은 소리 들을까 봐 걱정이었던 것이겠지. 엄마와 아빠의 병원행 기차표를 예매하며 회사 일정을 살펴보니 별다른 문제 없이 휴가는 낼 수 있을 것 같았다. 그리고 휴가를 못 내고 회사에 앉아 있다 한들 마음은 병원에 가 있을 텐데 업무가 될 것 같지도 않았고.

월요일 아침 언니·오빠에게 상황 보고를 하며 엄마·아빠 기차 도착시간에 맞춰 광명역에 도착했다.

[나 지금 버스 타고 광명역으로 이동 중.]

[방금 광명역에서 엄마·아빠 만남.]

[병원 픽업 차 기사님 만나서 인천 병원으로
이동 중]

도착한 병원은 생긴 지 얼마 안 된 신생병원이었는데, 서울에서 명의로 소문난 선생님이 인천으로 확장 이전을 한 것이라는 설명이 원무과 앞에 붙어있었다. 엄마를 대기실 의자에 모셔두고 아빠에게 예약 번호를 받아 키오스크에서 입력하는데 엄마의 예약내역이 나오지 않았다. 병원도 점심시간이라 원무과 데스크에는 접수 직원이 한 명밖에 없었고, 당황한 아빠의 손에서 소개받았다는 의사 선생님의 이름과 핸드폰 번호를 받아 들고 데스크 앞으로 갔다.

"광주 통증의학과에서 임 원장님 소개받고 오늘 시술받기로 했는데요. 예약 번호 확인이 안 돼서요."
"잠시만요."

데스크 안 직원이 여기저기 통화를 하며 엄마의 예약을 다시 확인했고, 먼발치에서 나와 직원의 대화를 듣고 있던 아빠가 그제야 엄마 옆 의자에 앉아 숨을 내쉬며 셔츠의 첫 단추를 여셨다.
우여곡절 끝에 직원에게 안내를 받아 들어간 진료

실에서 나와 눈이 마주친 간호사 선생님이

"환자분은 여기 앉으시고,
보호자님은 여기 앉으시면 돼요."

라고 하자 뒤에서 들어오시던 아빠가

"남은이 네가 얘기 잘 들어봐."

라시며 진료실 뒤편 의자로 가서 앉으셨다.

나에겐 아직 낯선 '보호자 의자'에 앉아 엄마의 허리 상태에 대한 이야기를 듣고, 오늘 해야 하는 시술에 대한 안내도 받았다. 시술 예약에 착오가 있어 급한 검사만 하고 응급으로 진행하자는 원장 선생님의 이야기를 끝으로 엄마와 아빠, 그리고 보호자인 내가 진료실에서 나왔다. 그때부터 병원에서 나는 심재남 여사의 철없는 막내딸이 아니라, 환자 심재남 씨의 보호자로 호명되었다.

"보호자님~!" 이라고 부르면 광주에서 준비해 온

엄마의 병원 관련 서류들과 진단서들을 들고 이쪽저쪽 검사실로 바쁘게 다녀야 했고, 상담 선생님과 마주 앉아 핸드폰 녹음기까지 켜놓고 엄마가 받아야 할 검사들, 입원 절차, 시술 후 관리까지 설명을 들으며 많은 것을 기억해야 했다. 이쪽저쪽으로 옮겨 다니며 받은 검사들을 마치고 지친 엄마와 아빠를 모시고 겨우 올라온 입원실에서 엄마가 환복하신 옷을 정리하고 있는데 갑자기 엄마가 내 손을 잡으며,

"아이고, 우리 남은이 없었으면
오늘 어쩔 뻔했어? 남은이 낳길 잘했다."

라며 아빠를 돌아보며 장난스럽게 웃으셨다. 보호자 침대에 앉아계신 아빠도 "그러게." 라며 엄마와 마주 웃으며 대답하셨다.

그런 엄마·아빠를 보며 문득 오늘 나에게 부여된 '보호자' 라는 역할의 무게감을 느꼈다. 천방지축으로 혼자 잘살아가는 것처럼 보이는 나도 사실은 엄마와 아빠라는 단단한 보호자가 있기 때문에 그렇게 살 수

있었다는 걸 잘 안다. 기쁜 일에는 나보다 더 기뻐해주고, 내가 몸이 아프면 아픈 나를 보며 마음이 더 아픈 나의 보호자들.

언제든 어떤 상황이든 묻지도 따지지도 않고 무조건적인 사랑으로 나의 보호자를 자처했던 고마운 두 사람을 위해 이제는 막내딸이 나서야 할 때이다.

우리 자기

그녀는 저를 어떻게 기억할까요?
저를 떠올리며 그녀의 얼굴에 슬쩍 미소가
지어지길 바랍니다.

아직 이 세상에 '텐션끌어올려~'라던가, '흥부자'라는 등의 단어가 생기지도 않았을 무렵, 그리고 그렇게 텐션이 높은 사람들이 무리 안에서 환영받지 못하던 시절에(호랑이가 담배 피우던 시절을 지나 금연할 시절에) 무려 나는 졸업 전 취업이라는 위풍당당한 업적을 이뤄내고 첫 회사에 출근하던 날이었다.

알록달록한 학교라는 공간에서 기세등등하게 교수님들의 총애를 받던 내가 회색으로 가득 찬 낯설고 차가운 공기의 사무실에서 한껏 기가 꺾여 회의실 구석 의자에 앉아 크지도 않은 눈을 안경알을 방패 삼아 굴리고 앉아 있던 그때, 그녀와 처음 만났다.

그녀를 만나기 전에 나는 늘 중심 무리였다. 어떤 무리에서건 모두의 중심에 있었고, 그렇지 않으면 최고 권력자의 무한한 총애를 받으며 살아가던 인물이었다. 그런 권력의 달콤함에 취해있던 내가 그녀를 만나는 순간, '아, 그녀는 찐이다..!' 라고 본능적으로 알아차렸다. 그때로부터 십수 년이 지나 생각해 보면 나는 첫 출근날 그녀에게서 받은 문화적충격에서 다시 태어나 자라왔다고도 말할 수 있겠다.

　그 시절, 그녀를 어떻게 묘사해야 이 글을 읽는 당신이 그녀를 생생히 느낄 수 있을까. 글을 시작하며 참 많이 고민했다. 인간 비타민? 걸어 다니는 ENFP? 통통 튀는 매력? 이런 식상한 표현으로는 그녀를 이 글에 담아낼 수 없다. 자연스럽게 헝클어진 머리를 또 아올린 똥머리와 그녀가 늘 깔깔거리며 본인의 콤플렉스라고 얘기했던 동그란 복코, 그리고 과하게 덧칠한 볼록 올라온 광대의 핑크빛 블러셔까지 그녀의 모든 것이 과했다. 하지만 난 그녀의 그런 과한 꾸밈새가 싫지 않았다. 아니 오히려 그녀라는 사람이 더 사랑스럽고 매력적으로 느껴졌었다. 그 시절 나도 '과한' 스타일링에는 지지 않을 정도였는데, 어느 정도였냐면, 첫 출근이라며 촘촘한 컬링으로 뽀글뽀글 말아 올린 단발머리에 목 끝까지 올라오는 빨간색 아디다* 캐나다 저지, 그리고 리바이스 엔지니어드 진까지. (이 차림새를 쉽게 상상할 수 있다면, 당신은 저와 동년배로군요) 지금 다시 입는다는 건 상상할 수도 없는 굉장한 복장으로 첫 출근을 했었으니까 말이다.

아마 그녀도 첫눈에 나를 알아봤을거라고 생각한다. (그 후의 그녀의 행동으로 보아) '과한' 인간은 '과한' 인간을 알아보기 마련이니까.

그날 처음 출근한 사람이 나 혼자는 아니었다. 나처럼 기획 디자이너 직군으로 들어온 사람이 한 명 더, 그리고 외근 위주의 직무로 들어온 사람이 두 명 더 회색사무실에 앉아 있었던 걸로 기억하는데, (구석에 앉아 있던 내 차림새만 총천연색이었다) 누군가 우리를 이 어색한 회색 공간에 녹여주길 바라며 기다리고 있었을 때 그녀를 만났다. 그녀의 목소리는 회의실 문이 열리기도 전부터 호탕한 웃음소리와 함께 섞여 들려왔다. 낯빛까지 점점 회색빛으로 물들어 가던 4명의 시선이 일제히 그녀의 목소리가 가까워지는 문으로 향했다. 드디어 문이 활짝 열리며 그녀가 회의실에 들어섰을 때, 공간에 색이 생겼다고 표현할 수 있을 정도로 회색빛 공기가 점점 어떤 색으로 물들어 가는 것 같기도 했다.

따스했던 온실을 떠나 처음 만난 사람이 그녀 같은 사람이었다는 게 지금 와 생각해 보면 나에겐 얼마나 큰 행운이었는지 모르겠다. 그녀를 처음 만나서 함께 일하고, 웃고 이야기하는 시간 동안 사회에서의 '임남은'이라는 인격체가 생겨났다. 학교 안에서, 가족 안에서 천방지축으로 행동해도 이쁨받던 내가 처음으로 사회에 나와서 낯선 사람들과 친해지는 방법, 거리를 두는 방법, 거절하는 방법, 웃으며 화내는 방법의 기초를 모두 그녀로부터 배웠으니까. 지금 내가 그녀에게 이렇게 말한다면, 아마 그녀는 또 그 두껍고 진한 쌍꺼풀이 있는 두 눈을 찡긋거리며,

"자기야, 내가 언제 그런 걸 가르쳤어?"

하며 또 호탕하게 웃으며 허리를 뒤로 꺾겠지만 말이다.

그녀는 기획 디자인팀과 현장 코디팀을 모두 아우르는 멀티플레이어였다. 어렸고, 반짝반짝했고, 늘 웃었다. 회사의 모든 직원들은 그녀를 좋아했다. 그녀가

있는 공간에선 웃음이 끊이지 않았고, 모두가 어려워
하던 실장님까지도 그녀만 있으면 차가운 표정을 풀
고 작은 농담에도 크게 웃곤 했으니까. 그런 그녀를
나는 점점 닮아갔다. 아니, 닮아가려고 부단히도 노력
했다. 표정, 말을 이어가는 어투, 모두의 웃음을 끌어
내는 위트까지. 그렇게 노력하는 나를 그녀도 참 예뻐
했었다. 함께 입사했던 직원들 중에 나이가 가장 어리
기도 했고, 금방 그만뒀던 동기들과는 달리 참 열심히
도 회사에 다녔으니까 선배의 입장에서는 얼마나 내
가 이뻤을까. (이제 한참 선배가 되어보니 너무 알겠
다.)

그녀는 늘 나를 데리고 다녔다. 업무차 시장조사
를 나갈 때도, 점심시간에 커피를 사러 갈 때도, 회식
자리에서도 나는 늘 그녀의 곁이었다. 모두와 가깝고,
모두에게 다정한 그녀였지만, '우리 남은이'라는 호칭
을 거머쥔 사람은 나 혼자뿐이었다. 그때는 느끼지 못
했지만, 그녀가 대단했던 이유는 그렇게 여러 사람들
과 좋은 관계를 유지하면서도 상처받지 않고, 상처 주
지 않는 거리를 잘 유지하며 지냈다는 것이다. 물론

어렸던 그 시절에는 알아차리지 못했지만, 나의 사회 생활 연차가 쌓여갈수록 그 시절 나보다는 선배였지만, 그래도 지금의 나보다 훨씬 어렸던 그녀가 어떻게 그렇게 현명하게 사람과 사람 사이에서 지냈었는지를 돌아보면, 새삼 그녀가 또 대단하다고 느껴진다.

나는 그녀가 좋았다. 늦은 밤까지 이어지는 야근과 술자리, 그리고 또 이어지는 새벽 출근까지 쉬운 게 하나 없는 첫 직장이었지만, 그녀가 있고, 그녀와 함께 이야기하며 보내는 업무시간이 기다려질 정도로 나는 그녀가 참 좋았다. 작은 것 하나라도 닮고 싶었고, 따라 하고 싶었을 정도였으니까.

어리고 어설픈 사회초년생인 나에게도 그녀가 탐나는 사람이었으니, 그녀의 선배들과 알음알음으로 알아 온 사람들은 얼마나 더 그녀가 탐났을까. 결국 그녀는 그 시절 모두가 선망하던 캐주얼 브랜드의 공간디자이너로 이직 제안을 받아 옮기게 되었다. 그녀의 이직 소식을 들었던 날, 축하한다는 인사보다 섭섭한 마음에 그녀 앞에서 바보처럼 울고 말았었다. 팀 선배들이 축하한다는 인사는 못할망정 왜 우냐고 본인들의 섭섭한 마음을 숨기며 나를 탓할 때, 그녀가 먼저 다가와 내 어깨를 안아주며 토닥였다.

"자기야, 왜 울어…. 우리 남은이 울지마."

늘 웃음이 섞였던 그녀의 목소리도 나를 달래며 물기 어려 갔다. 그렇게 서로 한참을 안고서 그녀의 코가 빨갛게 부어오를 때까지, 나의 눈두덩이가 빵빵하게 부어오를 때까지 참 많이 울었다.

그렇게 그녀가 떠난 사무실은 한동안은 조용했다. 퇴사하면서 사무실에 있던 색깔을 모두 가져간 것처럼 사무실은 다시 회색빛이 되어가는 것 같았지만, 그녀의 칼라포지션을 인수인계받은 나는 그녀의 역할을 조금씩 해나가게 되었다. 그녀와 함께 있던 시간 동안 그녀는 나를 사람과 사람 사이에서 웃음을 만들어내고, 즐거움을 주는 사람이 될 수 있도록 가르쳐주었다. 늘 굳은 표정의 실장님도 이제 그녀가 아닌 나의 이야기에 웃음 짓고, 어색했던 현장 코디들의 사이를 말랑하게 만드는 것도 그녀가 떠난 후 나의 몫이되었으니까.

지금 그녀는 어떤 사람이 되었을까. 여러 차례 연락처가 바뀌고, 거처가 바뀌고, 사는 곳을 옮겨가며지금은 그녀와 연락이 되진 않지만, 언젠가 들었던 소식은 그녀가 다정하고 따스한 사람을 만나 그들을 닮은 귀여운 아이들의 엄마가 되었다는 반가운 소식이었다. 이름마저 사랑스러웠던 나의 그녀, 천송이 언니. 그녀는 어디에서든 이름만큼 사랑스럽고, 행복한사람으로 살아가고 있을 거라고 믿어 의심치 않는다.지금의 내가 그때의 그녀만큼 다정한 사람이 되었는지 언젠가 다시 만나면 꼭 물어보고 싶다. 그러면 그녀는 이렇게 대답해 주겠지.

"자기야, 우리 자기는 언니가 처음 봤을 때부터
다정하고 귀여운 사람이었어.
나를 이렇게 기억해 줘서 너무 고마워."

나는 가끔, 아니 꽤 자주 그녀의 과하게 사랑스러운 미소가 보고 싶다.

다정이 많은 사람

당신에게 보내는 저의 말을 들어주세요.
조금 시끄럽지만 듣다 보면 재밌답니다.

오랜만에 만난 친구들과 대낮에 만나 밤공기가 서늘해질 때까지 쉼 없이 떠들다가 헤어지고 혼자 버스에 올라 창밖을 바라보자면 문득 이런 생각이 들 때가 많습니다.

'나 오늘 별말을 다 했네…?'

저는 주관적으로도 객관적으로 말이 많은 사람입니다. 기본적으로 생각이 많고, 그 생각을 뱉어내는 것을 좋아하는 사람인 것 같습니다. (오랜 시간 동안 저를 객관화하며 내린 결론입니다.) 사람들과 모여 대화하다 보면 목소리도 크고, 말도 많은 제가 주인공이 될 때가 자주 있는데요, 주인공이 되면 더 흥분해서 말이 많아집니다. 예를 들자면, 언젠가 친구들과 만나 워킹맘 친구들이 워킹맘의 고충에 대한 이야기를 늘어놓자, 저는 갑자기 오은영 박사님이 빙의가 된 것처럼 육아에 대해 구구절절 늘어놨는데요, 경청하던 친구 중의 한 명이 갑자기 웃음 터뜨리며 이렇게 얘기한 적도 있습니다.

"야, 누가 보면 네가 애 열 명은 키운 줄 알겠다.
넌 결혼도 안 한 애가 어떻게 그렇게 잘 알아?
너 혹시?"

한참을 신나서 떠들던 제 입은 민망함에 꾹 닫히
고 다른 친구들은 웃음이 터집니다. 사실 이런 일이
저에게는 굉장히 자주 있는 일입니다.

한번은 이런 일도 있었죠. 답답한 친구의 연애 상
담을 해주던 날도 제 조언에 눈물까지 흘리며 고맙다
던 친구가 집에 가는 길에 저에게 한마디를 합니다.

"근데 너는 도대체 연애 경험이 얼마나 많길래
이런 얘기를 해주냐?"

그러면 제 입은 또 꾹 닫힙니다. 그리고 귀밑 목덜
미가 빨갛게 달아오르죠. 사실 제가 다양한 경험을 해
서 누군가에게 조언하고 잔소리하는 건 아닙니다. 솔

직히 얘기하자면 저는 제 인생에 대해서는 누구보다 서툴고, 어리바리한 사람인데 말이죠.

제가 그들에게 말이 많아지는 건 그들의 인생에 잘난 체를 하고 싶은 것도 아니고, 그들의 인생을 길라잡이 할만한 경험이 있는 것도 아닙니다. 그저 제가 사랑하는 사람들의 인생을 함께 고민하고 공감하고 싶어서죠. 하지만 때론 내가 혹시 말로 누군가에게 상처를 주진 않았을까, 그들의 인생에 선을 넘어 들어간 건 아니었을까 하고 후회되는 시간이 생깁니다.

말이란 참 쉽죠. 그냥 내뱉으면 되는 것이니까요. 누군가는 제가 하는 말이 그저 아무 말이나 내뱉는 것처럼 보일 수도 있겠다고도 생각합니다. 그리고 가끔 날 선 누군가는 제 말에 토를 달고 공격을 해옵니다. 저는 다정한 말을 보냈는데 바늘이 잔뜩 박힌 말을 되돌려주는 거죠. 그럴 땐 그 어느 때보다 생각이 많아집니다.

'나는 왜 이렇게 말이 많을까…'

이런 고민을 최근에 누군가에게 털어놓은 적이 있습니다.

"나는 말이 너무 많은 것 같아. 가끔 너에게도 상처를 주진 않았을까 걱정이 될 때도 있어. 자려고 누우면 그 말을 하지 말걸…. 하고 후회하는 시간이 너무 길어."

그 말을 듣고 저를 물끄러미 바라보던 친구는 슬쩍 미소 짓습니다. 평소에 늘 제 말을 들어주고 웃어주고 고개 끄덕여 주던 그 친구의 대답이 늦어지자 저는 또 속사포처럼 말을 꺼내어 그 친구 앞에 쌓아놓습니다.

"아니 근데 내가 하는 말이 그 사람들 잘되라고 하는 말이잖아, 내가 뭐 나쁜 소리 했나? 다들 행복하고 즐겁게 살라고 하는 얘긴데, 왜 나는 자려고 누우면 그 말들이 후회될까?"

앞에 놓인 미지근해진 아메리카노를 한 모금 마신
친구의 대답을 기다려 봅니다.

"난 네가 말이 많은 거 같지 않은데?"

싱긋 웃으며 친구가 건네는 말에 고개가 절로 옆
으로 기울어지네요. 나처럼 말 많은 애가 어디 있다고
친구는 이런 대답을 하는 것일까요?

"그게 무슨 소리야? 집에 가면 목이 쉴 정도로 말
을 많이 하는걸? 오늘 너 만나서도 내가 2시간 얘기
하고 넌 2분 정도 얘기한 거 같은데?"

슬쩍 눈치를 보는 내 기분을 눈치챈 걸까요. 친구
는 들고 있던 무거운 머그잔을 작고 동그란 탁자 위
에 조심히 내려놓고 다시 제 얼굴을 빤히 바라봅니다.

"난 네가 말이 많은 게 아니라
다정이 많은 사람이라고 생각해."

"응? 다정?"

"응. 나는 네가 다정한 사람이라서 누군가를 걱정하는 마음, 누군가를 공감하고 싶은 마음이 커서 그 마음을 다 표현해 주고 싶어서 우리에게 끊임없이 너의 다정을 들려주고 있는 거라고 생각해. 넌 참 다정하고 따뜻한 친구야."

"……"

저는 그동안 무엇을 걱정해서 집으로 돌아가는 길에서 마음이 무거웠을까요. 저는 그동안 어떤 말을 후회하며 밤에 잠을 이루지 못했을까요. 저의 수많은 말을 다정으로 받아주는 더 다정한 친구들이 저에게 있었는데 말이죠.

울컥하는 목구멍 뒤로 또 수많은 말들이 올라오지만, 친구의 따스한 눈을 보며 이번엔 꿀꺽하고 삼켜봅니다. 제 목젖이 꿀렁하는 걸 눈치챈 친구가 다시 말을 이어갑니다.

"왜 아무 말도 안 해? 난 네가 해주는 얘기들이 좋

아. 나를 잘 알고 나를 위해서 해주는 말들이니까. 난 내가 얘기하지 않아도 내 얘기를 해주는 네가 참 좋아. 그러니까 참지 말고 얘기해."

친구는 제가 다정한 사람이라 제가 하는 말들이 그저 공중에 흩어져 날리는 가벼운 말이 아닌 마음이 가득 담긴 다정이라고 얘기해줬지만, 전 제 말을 놓치지 않고 모두 들어주는 그 친구의 다정한 경청에 눈물이 올라옵니다.

"고마워….
그래서 내가 하고 싶었던 얘기가 뭐냐면…."

그 후로도 꽤 오랫동안 저는 이야기하고 친구는 들었죠.

저는 여전히 말이 많은 사람입니다. 하지만 이젠 집에 가는 길에 그 말을 왜 했을까 하는 후회와 잠들기 전 제 말을 곱씹으며 잠 못 드는 시간은 많이 줄어

들었어요. 제 말이 누군가에겐 다정이고 든든한 응원이라는 걸 알았기 때문이죠. 아마 앞으로도 저는 많은 말을 누군가에게 계속하며 살아가겠죠. 저에게 말은 누군가를 걱정하는 마음이고, 그 사람을 애정하는 마음이거든요.

혹시 저를 만나 이야기를 나누는데 말이 너무 많다고 느끼신다면 그건 제가 당신을 아끼고 애정해서 저의 다정을 들려드리고 싶어서 그런 것이라고 생각해 주세요.

당신에게 들려주고 싶은 저의 다정과 응원이 한가득이거든요.

고마우니까, 고마워.

편집 임남은
디자인 솔트북스

펴낸곳 솔트북스
SNS instagram@eun_graphy_
E_mail eungraphy@gmail.com

초판 1쇄 2024년 6월 25일
ISBN 979-11-981613-5-2(02810)

ı 이 책의 내용 전부 또는 일부를 재사용하려면
펴낸 곳을 통해 저작자의 동의를 받아야 합니다.

ı 자연스러운 내용의 흐름을 위해 일부 비문, 축약어가 사용되었습니다.

ı 오탈자 및 저작자의 설명 없이는 이해가 힘든 맥락이 있다면 비밀리에 연락주세요.